林贤治 主编
百年中篇典藏

妻妾成群

苏童 著

花城出版社
中国·广州

图书在版编目（CIP）数据

妻妾成群 / 苏童著. -- 广州：花城出版社，2020.8（2024.7重印）
（百年中篇典藏 / 林贤治主编）
ISBN 978-7-5360-9114-6

Ⅰ. ①妻… Ⅱ. ①苏… Ⅲ. ①中篇小说－小说集－中国－当代 Ⅳ. ①I247.5

中国版本图书馆CIP数据核字（2020）第118789号

出 版 人：张 懿
丛书策划：张 懿
出版统筹：邹蔚昀
责任编辑：许泽红
技术编辑：凌春梅
装帧设计：林露茜

书　　名	妻妾成群 QI QIE CHENG QUN
出版发行	花城出版社 （广州市环市东路水荫路11号）
经　　销	全国新华书店
印　　刷	深圳市福圣印刷有限公司 （深圳市龙华区龙华街道龙苑大道联华工业区）
开　　本	880毫米×1230毫米 32开
印　　张	5.125　2插页
字　　数	105,000字
版　　次	2020年8月第1版　2024年7月第2次印刷
定　　价	42.00元

如发现印装质量问题，请直接与印刷厂联系调换。
购书热线：020－37604658　37602954
花城出版社网站：http://www.fcph.com.cn

总序

林贤治

中国新文学从产生之日起,便带上世界主义的性质。这不只在于由文言到白话的转变,重要的是文学观念的革新。从此,出现了新的文体,新的主题,新的场景、人物和故事,于是一个新的文学时代开始了。

以文体论,所谓"文学革命"最早从诗和散文开始。小说是后发的,先是短篇,后是中篇和长篇,作者也日渐增多起来。由于五四的风气所致,早期小说的题材多囿于知识人的家庭冲突和感情生活;继"畸零人"之后,社会底层多种小人物出现了,广大农民的命运悲剧与农村中的阶级斗争进而廓张了小说的疆域,随后,城市工人与市民生活也相继进入了小说家的视野。小说以它的叙事性、故事性,先天地具有一种大众文化的要素,比较诗和散文,影响更为迅捷和深广。

从小说的长度看,中篇介于短篇与长篇之间,但也因此兼具了两者的优长。由于具有相当的体量,中篇小说可以容纳更多的社会内容;又由于结构不太复杂而易于经营,所以,自二十世纪二十年代以来,小说家多有中篇制作。论成就,或许略逊于长篇,但胜于短篇是肯定的。

一九二二年，鲁迅在报上连载《阿Q正传》。这是新文学运动发生以后的第一个中篇小说，在革命的大背景下，为国人的灵魂造像；形式之新，寓意之深，辉煌了整个文坛。阿Q，作为一个典型人物，相当于塞万提斯笔下的堂·吉诃德，在中国，为广大的人们所熟知，他的"精神胜利法"成了民族的寓言。在二十年代，创造社和文学研究会的作家创作颇丰，中篇小说作家有郁达夫、废名、许地山、茅盾，以及沅君、庐隐、丁玲等。郁达夫在五四文学中享有盛名。他的小说，最早创造了"零余者"的形象，其中自我暴露、性描写，在当时是惊世骇俗的，虽然有颓废的倾向，却不无反封建的进步的意义。《迷羊》《她是一个弱女子》是他的代表性作品，打着时代特有的个性主义和人道主义的双重烙印。在丁玲的《莎菲女士的日记》中，作为刚刚觉醒的女性主义者，追求个性解放和自由恋爱的莎菲女士，结果陷入歧路彷徨、无从选择的困局之中，表现了一代五四新女性所面临的新观念与旧事物相冲突的尴尬处境。继鲁迅之后，一批"乡土作家"如台静农、蹇先艾、许钦文、王鲁彦等崛起文坛，是当时的一个突出的文学现象。但是佳作不多，中篇绝少。

毕竟是新文学的发轫期，二十世纪二十年代的小说大多流于粗浅，至三十年代，作家队伍迅速扩大，而且明显地变得成熟起来。有三种文学，其中一种是所谓"民族主义文学""三民主义文学"；另一种与官方文学相对立，在当时声势颇大，称为"左翼文学"。以"左联"为中心，小说作家有茅盾、柔石、蒋光慈、叶紫、张天翼、丁玲，外围有影响的还有萧军、萧红等。其中，中篇如《林家铺子》《二月》《丽莎的哀怨》

《星》《八月的乡村》《生死场》，都是有影响的作品。茅盾素喜取景历史的大框架，早期较重人物的生理和心理描写，有点自然主义的味道，后来有更多的理性介入，重社会分析。中篇《林家铺子》讲述杭嘉湖地区一个小店铺老板苦苦挣扎，终于破产的故事。同《春蚕》诸篇一起，展开二十世纪三十年代民族危难、民生凋敝的广阔的社会图景。《二月》是柔石的一部诗意作品。小说在一个江南小镇中引出陶岚的爱情，文嫂的悲剧，和一个交头接耳、光怪陆离而又死气沉沉的社会。最后，主人公萧涧秋在流言的打击下，黯然离开小镇。作者以工妙的技巧，揭示了知识分子在残酷的现实生活中进退失据的精神状态。诗人蒋光慈的小说《丽莎的哀怨》《冲出云围的月亮》发表后，受到左翼作家的批判，影响轰动一时。其实"革命+恋爱"的创作模式，并不能遮掩小说所展露的人性的光辉。特别在充斥着"左"倾教条主义政治话语的语境中，作者执着于对"人"的描写，对人性与环境的真实性呈现，是极为难得的。萧军和萧红是东北流亡作家，作品充满着一种家国之痛。《八月的乡村》以场景的连缀，展示了与日本和伪满洲国军队战斗的全貌。《生死场》超越民族和国家的限界，着眼于土地和人的生存。"在乡村，人和动物一起忙着生，忙着死"，是贯穿全篇的主旋律。小说有着深厚的人本主义的内涵，带有启蒙的意义。

此外，还有一种文学，来自一批自由派作家，独立的作家，难以归类的作家。如老舍、巴金、沈从文等，在艺术上，有着更为自觉的追求。像沈从文的《边城》《长河》，就没有左翼作品那种强烈的阶级意识。沈从文自称"是个不想明白道理却永远为现象所倾心的人"。他倾情于"永远的湘西",着意于表现自然之美与野蛮的力,叙述是沉静的,描写是细致的,一些残酷的血腥的故事,在他的笔下,也都往往转换成文化的美,诗意的美,而非伦理的美。巴金早期的小说颇具政治色彩,如《灭亡》;而《憩园》,则是一种挽歌调子,很个人化的。施蛰存等一批上海作家是另一种面貌,他们颇受西方现代派文学的影响,从事实验性写作。不过,值得指出的是,左翼作家是一批青年叛逆者,敢于正视现实、反抗黑暗;其中有些作品虽然因意识形态的影响而在一定程度上削弱了艺术的力量,但是仍然不失为当时最为坚实锋锐的文学,是五四的"人的文学"的合理的延伸。

整个二十世纪四十年代动荡不安。这时,除了早年成名的作家遗下一些创作外,新进的作家作品不多,突出的有张爱玲的《金锁记》和路翎的《饥饿的郭素娥》。张爱玲善于观察和描写人性幽暗的一面,《金锁记》可谓代表作。路翎的《饥饿的郭素娥》何尝不是写人性,却是张扬的、光明的、美善的。在劳动妇女郭素娥的身上,不无精神奴役的创伤,却更多地表现出了与命运抗争的顽强的生命力。延安文学开拓出另一片天地:清新、简朴、颂歌式。丁玲的《在医院中》《我在霞村的时候》,以及赵树理的《小二黑结婚》《李有才板话》,形态很不相同,但在文学史上都有着全新的意义。在丁玲这里,明显地带有五四时期的个人主义和女性主义的残留,所以当时遭到不合理的批判。赵树理的小说,可以说专写农村和农民,但不同于此前知识分子作家的乡土小说,强调的不是苦难,而是新生的活力和希望。语言形式是民族的、传统的,结合现代小说的元素,有个人的创造性,但无疑地更加切合时代的需要。所以,周扬高度评价赵树理的作品,称为"新文艺的方向"。

一九四九年以后,中国有了统一的文坛。从五十年代初期的文艺整风开始,多种政治运动接连不断,对作家的思想、个性和创造力造成了不同程度的损害。比如对萧也牧的《我们夫妇之间》的批判,以及随后对路翎入朝创作的《洼地上的战役》等小说的批判,都在小说界产生了直接的消极影响。

二十世纪五六十年代的中短篇小说颇为寥落。少数青年作者带有锐意的作品,如王蒙的《组织部来了个年轻人》,较早表现反官僚主义的主题。小说也许受到来自苏联的"写真实""干预生活"等理论和作品的影响,但是作者无意模仿,这里是来自五十年代中国的真实生活,和一个"少布"的理想激情的历史性相遇。它的出现,本是文学话语,通过政治解读遂成为"毒草",二十年后同众多杂草一起,作为"重放的鲜花"傲然出现。老作家孙犁以一贯的诗性笔调写农业合作化运动,自然被"边缘化";赵树理一直注目于农村中的"中间人物",却在一九六二年著名的"大连会议"之后为激进的批判家所抛弃。"文革"十年,文坛荒废,荆棘遍地;所谓"迷阳聊饰大田荒",甚至连迷阳也没有。

"文革"结束以后,地下水喷出了地面。以短篇小说《伤痕》为标志的一种暴露性文学出现了,此时,一批带有创伤记忆的中篇如《天云山传奇》《犯人李铜钟的故事》《大墙下的红玉兰》《绿化树》《一个冬天的童话》《被爱情遗忘的角落》等同时问世。《绿化树》叙写的是右派章永璘被流放到西北劳改农场的经历,是张贤亮描写中国知识分子历史命运的一部力作。与其他"大墙文学"不同的是，作者突出地写了食和性。通过对主人公一系列忏悔、内疚、自省等心理活动的描写，对饥饿包括性饥饿的剖视，真实地再现了特定年代中的知识分子的苦难生活。作者还创作了系列类似的小说，名为"唯物论者的启示录"，对一代知识分子命运作了深入的反思。张弦的小说，妇女形象的描写集中而出色。《被爱情遗忘的角落》《未亡人》《挣不断的红丝线》，其中的女性，无论在农村还是城市，无论是少女还是寡妇，都是生活中的弱势者，极"左"路线下的不幸者、失败者和牺牲者。驰骋文坛的，除了伤痕累累的老作家之外，又多出一支以知青作家为代表的新军，作品有张承志的《北方的河》《黑骏马》，王小波的《黄金时代》，阿城的《棋王》等。或者表达青年一代被劫夺的苦痛，或者表现为对土地和人民的皈依，都是去除了"瞒和骗"的写真实的作品。这时，关注现实生活的小说多起来了。无论是蒋子龙的《乔厂长上任记》、高晓声的《陈奂生上城》，还是谌容的《人到中年》、路遥的《人生》，都着意表现中国社会的困境，不曾回避转型时期的问题。《人到中年》通过中年眼科大夫陆文婷因工作和家庭负担过重，积劳成疾，濒临死亡的故事，揭示中国知识分子的生存现状，可谓切中时弊。小说创造了陆文婷这个悲剧性的英雄形象，富于艺术感染力，一经发表，立即引起社会的巨大反响。

二十世纪八十年代初期中国作家非常活跃，带来中篇小说空前的繁荣。这时，出现了重在人性表现的另类作品，如汪曾祺的《受戒》《大淖记事》，张洁的《爱，是不能忘记的》，还有史铁生的《关于詹牧师的报告文学》《命若琴弦》等，显示了创作的多元化倾向。汪曾祺的小说创作起步于二十世纪四十年代，却因时代的劫难，空置几十年之后，终至大器晚成。他自称是"一个中国式的抒情的人道主义者"，小说多叙民间故事，十足的中国风。《大淖记事》乃短篇连缀，散文化、抒情性，气象阔大，尺幅千里，在他的作品中是有代表性的。

八十年代中期，"思想解放运动"落潮，美学热、文化热兴起。在文学界，"寻根文学""先锋小说"应运而生。"寻根"本是现实问题的深化，然而，"寻"的结果，往往"超时代"，脱离现实政治。王安忆的《小鲍庄》，以多元的叙述视角，通过对淮北一个小村庄几户人家的命运，尤其是捞渣之死的描写，剖析了传统乡村的文化心理结构，内含对国民性及现实生活的双面批判，是其中少有的佳作。"先锋小说"在叙事上丰富了中国小说，但是由于欠缺坚实的人生体验，大体浅尝辄止，成就不大，有不少西方现代主义的赝品。

至九十年代，中篇小说创作进入低落、平稳的状态。这时，作家或者倡言"新写实主义"，"分享艰难"，或者标榜"个人化叙事"，暴露私隐。无论回归正统还是偏离正统，都意味着文学进入了一个思想淡出、收敛锋芒的时期。王朔是一个异类，嘲弄一切，否弃一切；他的作品，容易让人想起鲁迅的名文《流氓的变迁》，却也不失其解构的意义。这时，有不少作家致力于历史题材的书写或改写，莫言的《红高粱》写抗战时期的民众抗争，格非的《迷舟》写北伐战事，从叙述学的角度看，明显是另辟蹊径的。苏童的《妻妾成群》，写的是大家族的妇女生活。在大宅门内，正妻看透世事，转而信佛；

小妾却互相倾轧，死的死，疯的疯。这些女人，都需要依附主子而活，互相迫害成为常态，不失为一个古老的男权社会的象征。尤凤伟的《小灯》和林白的《回廊之椅》写历史运动，视角不同，笔调也很不一样。尤凤伟重写实，重细节，笔力雄健；林白则往往避实就虚，描写多带诗性，比较丁玲的《太阳照在桑干河上》和周立波的《暴风骤雨》等经典作品，却都是带有颠覆性的叙述。贾平凹有一个关于土匪生活的系列中篇，艺术上很有特色。现实题材中，余华的《许三观卖血记》，刘庆邦的《到城里去》，迟子建的《世界上所有的夜晚》，胡学文的乡土故事和徐则臣的北漂系列，多向写出"新时期"的种种窘态。钟求是的《谢雨的大学》，解析当代英雄，包括大学教育体制，是一个值得注意的作品。关于官场、矿区、下岗工人、性工作者，现代化、城市化过程中的一些重大的社会事件和现象，都在中篇创作中有所反映，但大多显得简单粗糙，质量不高。

一百年来，经过时间的淘洗，积累了一批具有经典性、代表性的中篇小说。"百年中篇典藏"按现代到当代的不同时段，从中遴选出二十四部作品，同时选入相关的其他中短篇乃至散文、评论若干一起出版。宗旨是，使读者对具体的作家、作品，乃至一百年来中篇小说创作的源流状貌有一个较为完整的了解。

作者简介

著名作家，中国作家协会主席团委员，北京师范大学教授。从1983年开始从事文学创作，主要艺术成就：发表长篇小说《我的帝王生涯》《城北地带》《米》《河岸》《黄雀记》，中短篇小说《妻妾成群》《红粉》《三盏灯》《伞》《人民的鱼》等数十篇，出版《苏童文集》8卷，《苏童作品系列》11种，共计400余万字。曾荣获第九届茅盾文学奖、鲁迅文学奖、庄重文学奖、"曼氏亚洲文学奖"等数十种奖项，《妻妾成群》被香港《亚洲周刊》选为二十世纪中文小说百强。

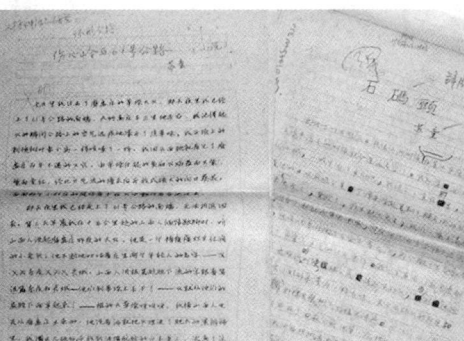

目录

妻妾成群　苏　童　/1
三盏灯　苏　童　/57
我为什么写《妻妾成群》　苏　童　/105
创作自述　苏　童　/108
答自己问　苏　童　/118

苏童创作年表　/124

妻妾成群

苏 童

　　四太太颂莲被抬进陈家花园的时候是十九岁,她是傍晚时分由四个乡下轿夫抬进花园西侧后门的。仆人们正在井边洗旧毛线,看见那顶轿子悄悄地从月亮门里挤进来,下来一个白衣黑裙的女学生。仆人们以为是在北平读书的大小姐回家了,迎上去一看不是,是一个满脸尘土疲惫不堪的女学生。那一年颂莲留着齐耳的短发,用一条天蓝色的缎带箍住,她的脸是圆圆的,不施脂粉,但显得有点苍白。颂莲钻出轿子,站在草地上茫然环顾,黑裙下面横着一只藤条箱子。在秋日的阳光下颂莲的身影单薄纤细,散发出纸人一样呆板的气息。她抬起胳膊擦着脸上的汗,仆人们注意到她擦汗不是用手帕而是用衣袖,这一点给他们留下了深刻的印象。

　　颂莲走到水井边,她对洗毛线的雁儿说:"让我洗把脸吧,我三天没洗脸了。"雁儿给她吊上一桶水,看着她把脸埋进水里,颂莲的弓着的身体像腰鼓一样被什么击打着,簌簌地抖动。雁儿说:"你要肥皂吗?"颂莲没说话,雁儿又说:"水太凉是吗?"颂莲还是没说话。雁儿朝井边的其他女佣使了个眼色,捂住嘴笑。女佣们猜测来客是陈家的哪个穷亲戚。她们对陈家的所有来客几乎都能判断出各自的身份。大概就是这时候颂莲猛地回过头,她的脸在洗濯之后泛出一种更加醒目的寒意,眉毛很细很黑,渐渐地拧起来。颂莲瞟了雁儿一眼,她说:"你傻笑什么,还不去把水泼掉?"雁儿仍然笑着:"你是谁呀,这么厉害?"颂莲揉了雁儿一把,拎起藤条箱子离开井边,走了几步她回过头,说:"我是谁?你们迟早要知道的。"

第二天陈府的人都知道陈佐千老爷娶了四太太颂莲。颂莲住在后花园的南厢房里,紧挨着三太太梅珊的住处。陈佐千把原先下房里的雁儿给四太太做了使唤丫环。

第二天雁儿去见颂莲的时候心里胆怯,低着头喊了声四太太,但颂莲已经忘了雁儿对她的冲撞,或者颂莲根本就没记住雁儿是谁。颂莲这天换了套粉绸旗袍,脚上趿双绣花拖鞋,她脸上的气色一夜间就恢复过来,看上去和气许多,她把雁儿拉到身边,端详一番,对旁边的陈佐千说,她长得还不算讨厌。然后她对雁儿说,你蹲下,我看看你的头发。雁儿蹲下来感觉到颂莲的手在挑她的头发,仔细地察看什么,然后她听见颂莲说:"你没有虱子吧,我最怕虱子。"雁儿咬住嘴唇没说话,她觉得颂莲的手像冰凉的刀锋切割她的头发,有一点疼痛。颂莲说："你头上什么味？真难闻，快拿块香皂洗头去。"雁儿站起来，她垂着手站在那儿不动。陈佐千瞪了她一眼："没听见四太太说话？"雁儿说："昨天才洗过头。"陈佐千拉高嗓门喊："别废话，让你去洗就得去洗，小心揍你。"

雁儿端了一盆水在海棠树下洗头，洗得委屈，心里的气恨像一块铅坠在那里。午后阳光照射着两棵海棠树，一根晾衣绳拴在两根树上，四太太颂莲的白衣黑裙在微风中摇曳。雁儿朝四处环顾一圈，后花园阒寂无人，她走到晾衣绳那儿，朝颂莲的白衫上吐了一口唾沫，朝黑裙上又吐了一口。

陈佐千这年刚好五十挂零。陈佐千五十岁时纳颂莲为妾，事情是在半秘密状态下进行的。直到颂莲进门的前一天，原配毓如还浑然不知。陈佐千带着颂莲去见毓如，毓如在佛堂里捻着佛珠诵经。陈佐千说，这是大太太。颂莲刚要上去行礼，毓如手里的佛珠突然断了线，滚了一地，毓如推开红木靠椅下地捡佛珠，口中念念有词，罪过，罪过。颂莲相帮去捡，被毓如轻轻地推开，她说，罪过，罪过，始终没抬眼看颂莲一眼。颂莲看着毓如肥胖的身体伏在潮湿的地板上捡佛珠，捂着嘴无声地笑了一笑，她看看陈佐千，陈佐千说，好吧，我们走了。颂莲跨出佛堂门槛，就挽住陈佐千的手臂说："她有一百岁了吧，这么老？"陈佐千没说话。颂莲又说："她信佛？怎么在家里念经？"陈佐千说："什么信佛，闲着没事干，滥竽充数罢了。"

颂莲在二太太卓云那里受到了热情的礼遇。卓云让丫环拿了西瓜子、葵花子、南瓜子还有各种蜜饯招待颂莲。他们坐下后卓云的头一句话就是说瓜子,这儿没有好瓜子,我嗑的瓜子都是托人从苏州买来的。颂莲在卓云那里嗑了半天瓜子,嗑得有点厌烦,她不喜欢这些零嘴,又不好表露出来。颂莲偷偷地瞟陈佐千,示意离开,但陈佐千似乎有意要在卓云这里多待一会,对颂莲的眼神视若无睹。颂莲由此判断陈佐千是宠爱卓云的,眼睛就不由得停留在卓云的脸上、身上。卓云的容貌有一种温婉的清秀,即使是细微的皱纹和略显松弛的皮肤也遮掩不了,举手投足之间,更有一种大家闺秀的风范。颂莲想,卓云这样的女人容易讨男人喜欢,女人也不会太讨厌她。颂莲很快地就喊卓云姐姐了。

陈家前三房太太中,梅珊离颂莲最近,但却是颂莲最后一个见到的。颂莲早就听说梅珊的倾国倾城之貌,一心想见她,陈佐千不肯带她去。他说,这么近,你自己去吧。颂莲说,我去过了,丫环说她病了,拦住门不让我进。陈佐千鼻孔哼了一声,她一不高兴就称病。又说,她想爬到我头上来。颂莲说,你让她爬吗?陈佐千挥挥手说,休想,女人永远爬不到男人的头上来。

颂莲走过北厢房,看见梅珊的窗上挂着粉色的抽纱窗帘,屋里透出一股什么草花的香气。颂莲站在窗前停留了一会儿,忽然忍不住心里偷窥的欲望,她屏住气轻轻掀开窗帘,这一掀差点把颂莲吓得灵魂出窍,窗帘后面的梅珊也在看她,目光相撞,只是刹那间的事情,颂莲便仓皇地逃走了。

到了夜里,陈佐千来颂莲房里过夜。颂莲替他把衣服脱了,换上睡衣,陈佐千说,我不穿睡衣,我喜欢光着睡。颂莲就把目光掉开去,说,随便你,不过最好穿上睡衣,会着凉。

陈佐千笑起来，你不是怕我着凉，你是，怕看我光着屁股。颂莲说，我才不怕呢。她转过脸时颊上已经绯红。这是她头一次清晰地面对陈佐千的身体，陈佐千形同仙鹤，干瘦细长，生殖器像弓一样绷紧着。颂莲有点透不过气来，她说，你怎么这样瘦？陈佐千爬到床上，钻进丝绵被窝里说，让她们掏的。

颂莲侧身去关灯，被陈佐千拦住了，陈佐千说，别关，我要看你，关上灯就什么也看不见了。颂莲摸了摸他的脸说，随便你，反正我什么也不懂，听你的。

颂莲仿佛从高处往一个黑暗深谷坠落，疼痛、晕眩伴随着轻松的感觉。奇怪的是意识中不断浮现梅珊的脸。那张美丽绝伦的脸也隐没在黑暗中间。颂莲说，她真怪。你说谁？三太太，她在窗帘背后看我。陈佐千的手从颂莲的乳房上移到嘴唇上，别说话，现在别说话。就是这时候房门被轻轻敲了两记。两个人都惊了一下，陈佐千朝颂莲摇摇头，拉灭了灯。隔了不大一会，敲门声又响起来。陈佐千跳起来，恼怒地吼起来，谁敲门？门外响起一个怯生生的女孩声音，三太太病了，喊老爷去。陈佐千说，撒谎，又撒谎，回去对她说我睡下了。门外的女孩说，三太太得的急病，非要你去呢。她说她快死了。陈佐千坐在床上想了会儿，自言自语说她又耍什么花招。颂莲看着他左右为难的样子，推了他一把，你就去吧，真死了可不好说。

这一夜陈佐千没有回来。颂莲留神听北厢房的动静，好像什么事也没有。唯有知更鸟在石榴树上啼啭几声，留下凄清悠远的余音。颂莲睡不着了，人浮在怅然之上，悲哀之下。第二天早早起来梳妆，她看见自己的脸发生了某种深刻的变化，眼圈是青黑色的。颂莲已经知道梅珊是怎么回事，但第二天看见陈佐千从北厢房出来时，颂莲还是迎上去问梅珊的病情，给三太太请医生了吗？陈佐千尴尬地摇摇头，他满面倦容，话也懒得说，只是抓住颂莲的手软绵绵地捏了一下。

颂莲上了一年大学后嫁给陈佐千，原因很简单，颂莲父亲经营的茶厂倒闭了，没有钱负担她的费用。颂莲辍学回家的第三天，听见家人在厨房里乱喊乱叫，她跑过去一看，父亲斜靠在水池边，池子里是满满一池血水，泛着气泡。父亲把手上的静脉割破了，很轻松地上了黄泉路。颂莲记得她当时绝望的感觉，她架着父亲冰凉的身体，她自己整个比尸体更加冰凉。灾难临头她一点也哭不出来。那个水池后来好几天没人用，颂莲仍然在水池里洗头。颂莲没有一般女孩无谓的怯懦和恐惧。她很实际。父亲一死，她必须自己负责自己了。在那个水池边，颂莲一遍遍地梳洗头发，借此冷静地预想以后的生活。所以当继母后来摊牌，让她在做工和嫁人两条路上选择时，她淡然地回答说，当然嫁人。继母又问，你想嫁个一般人家还是有钱人家？颂莲说，当然有钱人家，这还用问？继母说，那不一样，去有钱人家是做小。颂莲说，什么叫做小？继母考虑了一下，说，就是做妾，名分是委屈了点。颂莲冷笑了一声，名分是什么？名分是我这样人考虑的吗？反正我交给你卖了，你要是顾及父亲的情义，就把我卖个好主吧。

陈佐千第一次去看颂莲。颂莲闭门不见，从门里扔出一句话，去西餐社见面。陈佐千想毕竟是女学生，总有不同凡俗之处，他在西餐社订了两个位置，等着颂莲来。那天外面下着雨，陈佐千隔窗守望外面细雨蒙蒙的街道，心情又新奇又温馨，这是他前三次婚姻中从来未有的。颂莲打着一顶细花绸伞姗姗而来，陈佐千就开心地笑了。颂莲果然是他想象中漂亮洁净的样子，而且那样年轻。陈佐千记得颂莲在他对面坐下，从提袋里掏出一大把小蜡烛。她轻声对陈佐千说，给我要一盒蛋糕好吧。陈佐千让侍者端来了蛋糕，然后他看见颂莲把小蜡烛一根一根地插上去，一共插了十九根，剩下一根她收回包里。陈佐千说，这是干什么，你今天过生日？颂莲只是笑笑，她把蜡烛点上，看着蜡烛亮起小小的火苗。颂莲的脸在烛光里变得玲珑剔透，她说，你看这火苗多可爱。陈佐千说，是可爱。说完颂莲就长长地嘘了口气，噗地把蜡烛吹灭。陈佐千听见她说，提前过生日吧，十九岁过完了。

陈佐千觉得颂莲的话里有回味之处，直到后来他也经常想起那天颂莲吹蜡烛的情景，这使他感到颂莲身上某种微妙而迷人的力量。作为一个富有性经验的男人，陈佐千更迷恋的是颂莲在床上的热情和机敏。他似乎在初遇颂莲的时候就看见了销魂种种，以后果然被证实。难以判断颂莲是天性如此还是曲意奉承，但陈佐千很满足，他对颂莲的宠爱，陈府上下的人都看在眼里。

后花园的墙角那里有一架紫藤，从夏天到秋天，紫藤花一直沉沉地开着。颂莲从她的窗口看见那些紫色的絮状花朵在秋风中摇曳，一天天地清淡。她注意到紫藤架下有一口井，而且还有石桌和石凳，一个挺闲适的去处却见不到人，通往那里的甬道上长满了杂草。蝴蝶飞过去，蝉也在紫藤枝叶上唱，颂莲想起去年这个时候,她是坐在学校的紫藤架下读书的,一切都恍若惊梦。颂莲慢慢地走过去,她提起裙子,小心不让杂草和昆虫碰蹭,慢慢地撩开几枝藤叶,看见那些石桌石凳上积了一层灰尘。走到井边,井台石壁上长满了青苔,颂莲弯腰朝井中看,井水是蓝黑色的,水面上也浮着陈年的落叶,颂莲看见自己的脸在水中闪烁不定,听见自己的喘息声被吸入井中放大了,沉闷而微弱。有一阵风吹过来,把颂莲的裙子吹得如同飞鸟,颂莲这时感到一种坚硬的凉意,像石头一样慢慢敲她的身体。颂莲开始往回走,往回走的速度很快,回到南厢房的廊下,她吐出一口气,回头又看那个紫藤架,架上倏地落下两三串花,很突然地落下来,颂莲觉得这也很奇怪。

　　卓云在房里坐着,等着颂莲。她乍地发觉颂莲的脸色很难看,卓云起来扶着颂莲的腰,你怎么啦?颂莲说,我怎么啦?我上外面走了走。卓云说,你脸色不好。颂莲笑了笑说身上来了。卓云也笑,我说老爷怎么又上我那儿去了呢。她打开一个纸包,拉出一卷丝绸来,说,苏州的真丝,送你裁件衣服。颂莲推卓云的手,不行,你给我东西,怎么好意思,应该我给你才对。卓云嘘了一声,这是什么道理?我见你特别可心,就想起来这块绸子,要是隔壁那女人,她掏钱我也不给,我就是这脾气。颂莲就接过绸子放在膝上摩挲着,说,三太太是有点怪。不过,她长得真好看。卓云说,好看什么?脸上的粉霜可刮掉半斤。颂莲又笑,转了话题,我刚才在紫藤架那儿待了会,我挺喜欢那儿的。卓云就叫起来,你去死人井了?别去那儿,那儿晦气。颂莲吃惊道,怎么叫死人井?卓云说,怪不得你进屋脸色不好,那井里死过三个人。颂莲站起身伏在窗口朝紫藤架张望，都是什么人死在井里了？卓云说，都是上代的家眷，都是女的。颂莲还要打听，卓云就说不上来了。卓云只知道这些，她说陈家上下忌讳这些事，大家都守口如瓶。颂莲愣了一会，说，这些事情，不知道就不知道罢。

陈家的少爷小姐都住在中院里。颂莲曾经看见忆容和忆云姐妹俩在泥沟边挖蚯蚓，喜眉喜眼天真烂漫的样子，颂莲一眼就能判断她们是卓云的骨血。她站在一边悄悄地看她们，姐妹俩发觉了颂莲，仍然旁若无人，把蚯蚓灌到小竹筒里。颂莲说，你们挖蚯蚓做什么？忆容说，钓鱼呀。忆云却不客气地白了颂莲一眼，不要你管。颂莲有点没趣，走出几步，听见姐妹俩在嘀咕，她也是小老婆，跟妈一样。颂莲一下蒙了，她回头愤怒地盯着她们看，忆容嗤嗤地笑着，忆云却丝毫不让地朝她撇嘴，又嘀咕了一句什么。颂莲心想这叫什么事儿，小小年纪就会说难听话。天知道卓云是怎么管这姐妹俩的。

颂莲再碰到卓云时，忍不住就把忆云的话告诉她。卓云说，那孩子就是嘴上没遮拦的，看我回去拧她的嘴。卓云赔礼后又说，其实我那两个孩子还算省事的，你没见隔壁小少爷，跟狗一样的，见人就咬，吐唾沫。你有没有挨他咬过？颂莲摇摇头，她想起隔壁的小男孩飞澜，站在门廊下，一边啃面包，一边朝她张望，头发梳得油光光的，脚上穿着小皮鞋，颂莲有时候从飞澜脸上能见到类似陈佐千的表情，她从心理上能接受飞澜，也许因为她内心希望给陈佐千再生一个儿子。男孩比女孩好，颂莲想，管他咬不咬人呢。

只有毓如的一双儿女，颂莲很久都没见到。显而易见的是他们在陈府的地位。颂莲经常听到关于飞浦和忆惠的议论。飞浦一直在外面收账,还做房地产生意,而忆惠在北平的女子大学读书。颂莲不经意地向雁儿打听飞浦,雁儿说,我们大少爷是有本事的人。颂莲问,怎么个有本事法?雁儿说,反正有本事,陈家现在都靠他。颂莲又问雁儿,大小姐怎么样?雁儿说,我们大小姐又漂亮又文静,以后要嫁贵人的。颂莲心里暗笑,雁儿褒此贬彼的话音让她很厌恶,她就把气发到裙裾下那只波斯猫身上,颂莲抬脚把猫踢开,骂道,贱货,跑这儿舔什么骚?

　　颂莲对雁儿越来越厌恶,至关重要的一点是她没事就往梅珊屋里跑,而且雁儿每次接过颂莲的内衣内裤去洗时,总是一脸不高兴的样子。颂莲有时候就训她,你挂着脸给谁看,你要不愿跟我就回下房去,去隔壁也行。雁儿申辩说,没有呀,我怎么敢挂脸,天生就没有脸。颂莲抓过一把梳子朝她砸过去,雁儿就不再吱声了。颂莲猜测雁儿在外面没少说她的坏话。但她也不能对她太狠,因为她曾经看见陈佐千有一次进门来顺势在雁儿的乳房上摸了一把,虽然是瞬间的很自然的事,颂莲也不得不节制一点,要不然雁儿不会那么张狂。颂莲想,连个小丫环也知道靠那一把壮自己的胆,女人就是这种东西。

　　到了重阳节的前一天,大少爷飞浦回来了。

　　颂莲正在中院里欣赏菊花,看见毓如和管家都围拢着几个男人,其中一个穿白西服的很年轻,远看背影很魁梧的,颂莲猜他就是飞浦。她看着下人走马灯似的把一车行李包裹运到后院去,渐渐地人都进了屋,颂莲也不好意思进去,她摘了枝菊花,慢慢地踱向后花园,路上看见卓云和梅珊,带着孩子往这边走。卓云拉住颂莲说,大少爷回家了,你不去见个面?颂莲说,我去见他?应该他来见我吧。卓云说,说的也是,应该他先来见你。一边的梅珊则不耐烦地拍拍飞澜的头颈,快走快走。

  颂莲真正见到飞浦是在饭桌上。那天陈佐千让厨子开了宴席给飞浦接风,桌上摆满了精致丰盛的菜肴,颂莲睃巡着桌子,不由得想起初进陈府那天,桌上的气派远不如飞浦的接风宴,心里有点犯酸,但是很快她的注意力就转移到飞浦身上了。飞浦坐在毓如身边,毓如对他说了句什么,然后飞浦就欠起身子朝颂莲微笑着点了点头。颂莲也颔首微笑。她对飞浦的第一个感觉是出乎意料地英俊年轻,第二个感觉是他很有心计。颂莲往往是喜欢见面识人的。

  第二天就是重阳节了,花匠把花园里的菊花盆全搬到一起去,五颜六色地搭成福、禄、寿、禧四个字。颂莲早早地起来,一个人绕着那些菊花边走边看,早晨有凉风,颂莲只穿了一件毛背心,她就抱着双肩边走边看。远远地她看见飞浦从中院过来,朝这里走。颂莲正犹豫着是否先跟他打招呼,飞浦就喊起来,颂莲你早。颂莲对他直呼其名有点吃惊,她点点头,说,按辈分你不该喊我名字。飞浦站在花圃的另一边,笑着系上衬衫的领扣,说,应该叫你四太太,但你肯定比我小几岁呢,你多大?颂莲显出不高兴的样子侧过脸去看花。飞浦说,你也喜欢菊花?我原以为大清早的可以抢风水,没想你比我还早。颂莲说,我从小就喜欢菊花,可不是今天才喜欢的。飞浦说,最喜欢哪种。颂莲说,都喜欢,就讨厌蟹爪。飞浦说,那是为什么。颂莲说,蟹爪开得太张狂。飞浦又笑起来说,有意思了,我偏偏最喜欢蟹爪,颂莲睃了飞浦一眼,我猜到你会喜欢它。飞浦又说,那又为什么?颂莲朝前走了几步,说,花非花,人非人,花就是人,人就是花,这个道理你不明白?颂莲猛地抬起头,她察觉出飞浦的眼神里有一种异彩水草般地掠过,她看见了,她能够捕捉它。飞浦叉腰站在菊花那一侧,突然说,我把蟹爪换掉吧。颂莲没有说话。她看着飞浦把蟹爪换掉,端上几盆墨菊摆上。过了一会儿,颂莲又说,花都是好的,摆的字不好,太俗气。飞浦拍拍手上的泥,朝颂莲挤挤眼睛,那就没办法了,福禄寿禧是老爷让摆的,每年都这样,老祖宗传下来的规矩。

颂莲后来想起重阳赏菊的情景,心情就愉快。好像从那天起,她与飞浦之间有了某种默契,颂莲想着飞浦如何把蟹爪搬走,有时会笑出声来,只有颂莲自己知道,她并不是特别讨厌那种叫蟹爪的菊花。

你最喜欢谁?颂莲经常在枕边这样问陈佐千,我们四个人,你最喜欢谁?陈佐千说那当然是你了。毓如呢?她早就是只老母鸡了。卓云呢?卓云还凑合着但她有点松松垮垮的了。那么梅珊呢?颂莲总是克制不住对梅珊的好奇心。梅珊是哪里人?陈佐千说,她是哪里人我也不知道,连她自己也不知道。颂莲说那梅珊是孤儿出身?陈佐千说,她是戏子,京剧草台班里唱旦角的。我是票友,有时候去后台看她,请她吃饭,一来二去的她就跟我了。颂莲拍拍陈佐千的脸说,是女人都想跟你。陈佐千说,你这话对了一半,应该说是女人都想跟有钱人。颂莲笑起来,你这话也才对了一半,应该说有钱人有了钱还要女人，要也要不够。

颂莲从来没有听见梅珊唱过京戏，这天早晨窗外飘过来几声悠长清亮的唱腔，把颂莲从梦中惊醒，她推推身边的陈佐千问是不是梅珊在唱，陈佐千迷迷糊糊地说，她高兴了就唱，不高兴了就哭，狗娘养的。颂莲推开窗子，看见花园里夜来降了雪白的秋霜，在紫藤架下，一个穿黑衣黑裙的女人且舞且唱着。果然就是梅珊。

颂莲披衣出来，站在门廊上远远地看着那里的梅珊。梅珊已沉浸其中，颂莲觉得她唱得凄凉婉转，听得心也浮了起来。这样过了好久，梅珊戛然而止，她似乎看见了颂莲的眼睛里充满了泪影。梅珊把长长的水袖搭在肩上往回走，在早晨的天光里，梅珊的脸上、衣服上跳跃着一些水晶色的光点，她绾成圆髻的头发被霜露打湿，这样走着她整个显得湿润而忧伤，仿佛风中之草。

你哭了？你活得不是很高兴吗，为什么哭？梅珊在颂莲面前站住，淡淡地说。颂莲掏出手绢擦了擦眼角，她说也不知是怎么了，你唱的戏叫什么？叫《女吊》，梅珊说，你喜欢听吗？我对京戏一窍不通，主要是你唱得实在动情，听得我也伤心起来。颂莲说着她看见梅珊的脸上第一次露出和善的神情，梅珊低下头看看自己的戏装，她说，本来就是做戏嘛，伤心可不值得。做戏做得好能骗别人，做得不好只能骗骗自己。

陈佐千在颂莲屋里咳嗽起来，颂莲有些尴尬地看看梅珊。梅珊说，你不去伺候他穿衣服？颂莲摇摇头说他自己穿，他又不是小孩子。梅珊便有点悻悻的，她笑了笑说他怎么要我给他穿衣穿鞋，看来人是有贵贱之分。这时候陈佐千又在屋里喊起来，梅珊，进屋来给我唱一段！梅珊的细柳眉立刻挑起来，她冷笑一声，跑到窗前冲里面说，老娘不愿意！

　　颂莲见识了梅珊的脾气。当她拐弯抹角地说起这个话题时，陈佐千说，都怪我前些年把她娇宠坏了。她不顺心起来敢骂我家祖宗八代。陈佐千说这狗娘养的小婊子，我迟早得狠狠收拾她一回。颂莲说，你也别太狠心了，她其实挺可怜的，没亲没故的，怕你不疼她，脾气就坏了。

　　以后颂莲和梅珊有了些不冷不热的交往。梅珊迷麻将，经常招呼人去她那里搓麻将，从晚饭过后一直搓到深更半夜。颂莲隔着墙能听见隔壁洗牌的哗啦哗啦的声音，吵得她睡不好觉。她跟陈佐千发牢骚，陈佐千说，你就忍一忍吧，她搓上麻将还算正常一点，反正她把钱输光了我不会给她的，让她去搓，让她去作死。但是有一回梅珊差丫环来叫颂莲上牌桌了，颂莲一句话把丫环挡了回去，她说，我去搓麻将？亏你们想得出来。丫环回去后梅珊自己来了，她说，三缺一，赏个脸吧。颂莲说我不会呀，不是找输吗？梅珊来拽她的胳膊，走吧，输了不收你钱，要是赢了归你，输了我付。颂莲说，那倒不至于，主要是我不喜欢。她说着就看见梅珊的脸挂下来了，梅珊哼了一声说，你这里有什么呀？好像守着个大金库不肯挪一步，不过就是个干瘪老头罢了。颂莲被呛得恶火攻心，刚想发作，难听话溜到嘴边又咽回去了，她咬着嘴唇考虑了几秒钟说，好吧，我跟你去。

　　另外两个人已经坐在桌前等候了，一个是管家陈佐文，另一个不认识，梅珊介绍说是医生。那人戴着金丝边眼镜，皮肤黑黑的，嘴唇却像女性一样红润而柔情，颂莲以前见他出入过梅珊的屋子，她不知怎么就不相信他是医生。

颂莲坐在牌桌上心不在焉，她是真的不太会打，糊里糊涂就听见他们喊和了，自摸了。她只是掏钱，慢慢地她就心疼起来，她说，我头疼，想歇一歇了。梅珊说，上桌就得打八圈，这是规矩。你恐怕是输得心疼吧。陈佐文在一边说，没关系的，破点小财消灾灭祸。梅珊又说，你今天就算给卓云做好事吧，这一阵她闷死了，把老头儿借她一夜，你输的钱让她掏给你。桌上的两个男人都笑起来。颂莲也笑，梅珊你可真能逗乐，心里却像吞了只苍蝇。

颂莲冷眼观察着梅珊和医生间的眉目传情，她想什么事情都是逃不过她的直觉的。当洗牌时掉下一张牌以后，颂莲弯腰去捡，一下就发现了他们的四条腿的形状，藏在桌下的那四条腿原来紧缠在一起，分开时很快很自然，但颂莲是确确实实看见了。

颂莲不动声色。她再也不去看梅珊和医生的脸了。颂莲这时的心情很复杂，有点惶惑，有点紧张，还有一点幸灾乐祸，她心里说梅珊你活得也太自在了也太张狂了。

秋天里有很多这样的时候，窗外天色阴晦，细雨绵延不绝地落在花园里，从紫荆、石榴树的枝叶上溅起碎玉般的声音。这样的时候颂莲枯坐窗边，睇视外面晾衣绳上一块被雨淋湿的丝绢，她的心绪烦躁复杂，有的念头甚至是秘不可示的。

颂莲就不明白为什么每逢阴雨就会想念床笫之事。陈佐千是不会注意到天气对颂莲生理上的影响的。陈佐千只是有点招架不住的窘态。他说，年龄不饶人，我又最烦什么三鞭神油的。陈佐千抚摩颂莲粉红的微微发烫的肌肤，摸到无数欲望的小兔在她皮肤下面跳跃。陈佐千的手渐渐地就狂乱起来，嘴也俯到颂莲的身上。颂莲面色绯红地侧身躺在长沙发上，听见窗外雨珠迸裂的声音，颂莲双目微闭，呻吟道，主要是下雨了。陈佐千没听清，你说什么？项链？颂莲说，对，项链，我想要一串最好的项链。陈佐千说，你要什么我不给你？只是千万别告诉她们。颂莲一下子就翻身坐起来，她们？她们算什么东西？我才不在乎她们呢。陈佐千说，那当然，她们谁也比不上你。他看见颂莲的眼神迅速地发生了变化，颂莲把他推开，很快地穿好内衣走到窗前去了。陈佐千说你怎么了，颂莲回过头，幽怨地说，没情绪了，谁让你提起她们的？

陈佐千怏怏地和颂莲一起看着窗外的雨景。这样的时候整个世界都潮湿难耐起来，花园里空无一人，树叶绿得透出凉意。远远的那边的紫藤架被风掠过，摇晃有如人形。颂莲想起那口井，关于井的一些传闻。颂莲说，这园子里的东西有点鬼气。陈佐千说，哪来的鬼气？颂莲朝紫藤架努努嘴，喏，那口井。陈佐千说，不过就死了两个投井的，自寻短见的。颂莲说，死的谁？陈佐千说，反正你也不认识的，是上一辈的两个女眷。颂莲说，是姨太太吧。陈佐千脸色立刻有点难看了，谁告诉你的？颂莲笑笑说谁也没告诉我，我自己看见的，我走到那口井边，一眼就看见两个女人浮在井底里，一个像我，另一个还是像我。陈佐千说，你别胡说了，以后别上那儿去。颂莲拍拍手说，那不行，我还没去问问那两个鬼魂呢，她们为什么投井？陈佐千说，那还用问，免不了是些污秽事情吧。颂莲沉吟良久，后来她突然说了一句，怪不得这园子里修这么多井。

原来是为寻死的人挖的。陈佐千一把搂过颂莲，你越说越离谱，别去胡思乱想。说着陈佐千抓住颂莲的手，让她摸自己的那地方，他说，现在倒又行了，来吧。我就是死在你床上也心甘情愿。

花园里秋雨萧瑟，窗内的房事因此有一种垂死的气息，颂莲的眼前是一片深深的幽暗，唯有梳妆台上的几朵紫色雏菊闪烁着稀薄的红影。颂莲听见房门外有什么动静，她随手抓过一只香水瓶子朝房门上砸去。陈佐千说你又怎么了，颂莲说，她在偷看。陈佐千说，谁偷看？颂莲说是雁儿。陈佐千笑起来，这有什么可偷看的？再说她也看不见。颂莲厉声说，你别护她，我隔多远也闻得出她的骚味。

黄昏的时候，有一群人围坐在花园里听飞浦吹箫。飞浦换上丝绸衫裤，更显出他的倜傥风流。飞浦持箫坐在中间，四面听箫的多是飞浦做生意的朋友。这时候这群人成为陈府上下关注的中心，仆人们站在门廊上远远地观察他们，窃窃私语。其他在室内的人会听见飞浦的箫声像水一样幽幽地漫进窗口，谁也无法忽略飞浦的箫声。

颂莲往往被飞浦的箫声所打动，有时甚至泪涟涟的。她很想坐到那群男人中间去，离飞浦近一点，持箫的飞浦令她回想起大学里一个独坐空室拉琴的男生，她已经记不清那个男生的脸，对他也不曾有深藏的暗恋，但颂莲易于被这种优美的情景感化，心里是一片秋水涟漪。颂莲踯躅半天，搬了一张藤椅坐在门廊上，静听着飞浦的箫声。没多久箫声沉寂了，那边的男人们开始说话。颂莲顿时就觉得没趣了，她想，说话多无聊，还不是你诓我我骗你的，人一说起话来就变得虚情假意的了。于是颂莲起身回到房里，她突然想起箱子里也有一管长箫，那是她父亲的遗物。颂莲打开那只藤条箱子，箱子好久没晒，已有一点霉味，那些弃之不穿的学生时代的衣裙整整齐齐地捼着，好像从前的日子尘封了，散出星星点点的怅然和梦幻。颂莲把那些衣服腾空了，也没有见那支长箫。她明明记得离家时把箫放进箱底的，怎么会没有了呢？雁儿，雁儿你来。颂莲就朝门廊上喊。雁儿来了，说，四太太怎么不听少爷吹箫了？颂莲说，你有没有动过我的箱子？雁儿说，前一阵你让我收拾箱子的，我把衣服都叠好了呀？颂莲说，你有没有见一支箫？箫？雁儿说，我没见，男人才玩箫呢！颂莲盯住雁儿的眼睛看，冷笑了一声，那么说是你把我的箫偷去了？雁儿说，四太太你也别随便糟践人，我偷你的箫干什么呀？颂莲说，你自然有你的鬼念头，从早到晚心怀鬼胎，还装得没事人似的。雁儿说，四太太你也别太冤枉人了，你去问问老爷少爷大太太二太太三太太，我什么时候偷过主子一个铜板的？颂莲不再理睬她，她轻蔑地瞄着雁儿，然后跑到雁儿住的小偏房去，用脚踩着雁儿的杂木箱子说，嘴硬就给我打开。雁儿去拖颂莲的脚，一边哀求说，四太太你别踩我的箱子，我真的没拿你的箫。颂莲看雁儿的神色心中越来越有底，她从屋角抓过一把斧子说，劈碎了看一看，要是没有明天给你个新的箱子。她咬着牙一斧劈下去，雁儿的箱子就散了架，衣物铜板小玩意滚了一地。颂莲把衣物都抖开来看，没有那支箫，但她忽然抓住一个鼓鼓的小白布包，打开一看，里面是个小布人，小布人的胸口刺着三枚细针。颂莲起初觉得好笑，但很快地她就发觉小布人很像她自己，再细细地看，上面有依稀的两个墨迹：颂莲。颂莲的心好像真的被三枚细针刺着，一种尖锐的刺痛感。她的脸一下变得煞白。旁边的雁儿靠着墙，惊惶地看着她。颂莲突然尖叫了一声，她跳起来一把抓住雁儿的头发，把雁儿的头一次一次地往墙上撞。颂莲噙着泪大叫，让你咒我死！让你咒我死！雁儿无力挣脱，她只是软瘫在那里，发出断断续续的呜咽。颂莲累了，喘着气倏尔想到雁儿是不识字的，那么谁在小布人上写的字呢？这个疑问使她更觉揪心，颂莲后来就蹲下身子来，给雁儿擦泪，她换了种温和的声调，别哭了，事儿过了就过了，以后别这样，我不记你仇。不过你得告诉我是谁给你写的字。雁儿还在抽噎着，她摇着头说，我不说，不能说。颂莲说，你不用怕，我也不会闹出去的，你只要告诉我我绝对不会连累你的。雁儿还是摇头。颂莲于是开始提示。是毓如？雁儿摇头。那么肯定是梅珊了？雁儿依然摇头。颂莲倒吸了一口凉气，她的声音有些颤抖了。是卓云吧？雁儿不再摇头了，她的神情显得悲伤而麻木。颂莲站起来，仰天说了一句，知人知面不知心哪，我早料到了。

  陈佐千看见颂莲眼圈红肿着，一个人呆坐在沙发上，手里捻着一枝枯萎的雏菊。陈佐千说，你刚才哭过？颂莲说，没有呀，你对我这么好，我干什么要哭？陈佐千想了想说，你要是嫌闷，我陪你去花园走走，到外面吃夜宵也行。颂莲把手中的菊枝又捻了几下，随手扔出窗外，淡淡地问，你把我的箫弄到哪里去了？陈佐千迟疑了一会儿，说，我怕你分心，收起来了。颂莲的嘴角浮出一丝冷笑，我的心全在这里，能分到哪里去？陈佐千也正色道，那么你说那箫是谁送你的？颂莲懒懒地说,不是信物,是遗物,我父亲的遗物。陈佐千就有点发窘说,是我多心了,我以为是哪个男学生送你的。颂莲把手摊开来,说,快取来还我,我的东西我自己来保管。陈佐千更加窘迫起来,他搓着手来回地走,这下坏了,他说,我已经让人把它烧了。陈佐千没听见颂莲再说话,房间里一点一点黑下来。他打开电灯,看见颂莲的脸苍白如雪,眼泪无声地挂在双颊上。

这一夜对于他们两个人来说都是特殊的一夜,颂莲像羊羔一样把自己抱紧了,远离陈佐千的身体,陈佐千用手去抚摸她,仍然得不到一点回应。他一会儿关灯一会儿开灯,看颂莲的脸像一张纸一样漠然无情。陈佐千说,你太过分了,我就差一点给你下跪求饶了。颂莲沉默了一会儿,说,我不舒服。陈佐千说,我最恨别人给我看脸色。颂莲翻了个身说,你去卓云那里吧,反正她总是对人笑的。陈佐千就跳下床来穿衣服,说,去就去,幸亏我还有三房太太。

第二天卓云到颂莲房里来时,颂莲还躺在床上。颂莲看见她掀开门帘的时候打了个莫名的冷战。她佯睡着闭上眼睛。卓云坐到床头伸手摸摸颂莲的额头说,不烫呀,大概不是生病是生气吧。颂莲眼睛虚着朝她笑了笑,你来啦。卓云就去拉颂莲的手,快起来吧,这样躺没病也孵出毛病来。颂莲说,起来又能干什么?卓云说,给我剪头发,我也剪个你这样的学生头,精神精神。

卓云坐在圆凳上,等着颂莲给她剪头发。颂莲抓起一件旧衣服给她围上,然后用梳子慢慢梳着卓云的头发。颂莲说,剪不好可别怪我,你这样好看的头发,剪起来实在是心慌。卓云说，剪不好也没关系的，这把年纪了还要什么好看。颂莲仍然一下一下地把卓云的头发梳上去又梳下来，那我就剪了。卓云说，剪呀，你怎么那样胆小？颂莲说，主要是手生，怕剪着了你。说完颂莲就剪起来。卓云的乌黑松软的头发一绺绺地掉下来，伴随着剪刀双刃的撞击声。卓云说，你不是挺麻利的吗？颂莲说，你可别夸我，一夸我的手就抖了。说着就听见卓云发出了一声尖厉刺耳的叫声，卓云的耳朵被颂莲的剪刀实实在在地剪了一下。

甚至花园里的人也听见了卓云那声可怕的尖叫，梅珊房里的人都跑过来看个究竟。她们看见卓云捂住右耳疼得直冒虚汗，颂莲拿着把剪刀站在一边，她的脸也发白了，唯有地板上是几绺黑色的头发。你怎么啦？卓云的泪已夺眶而出，她的话没说完就捂住耳朵跑到花园里去了。颂莲愣愣地站在那堆头发边上，手中的剪刀当地掉在地上。她自言自语地说了一声，我的手发抖，我病着呢。然后她把看热闹的用人都推出门去，你们在这儿干什么？还不快给二太太请医生去。

梅珊牵着飞澜的手，仍然留在房里。她微笑着对颂莲看，颂莲避开她的目光，她操起芦花帚扫着地上的头发，听见梅珊忽然咯咯笑出了声音。颂莲说，你笑什么？梅珊眨了眨眼睛，我要是恨谁也会把她的耳朵剪掉，全部剪掉，一点不剩。颂莲沉下了脸，你这是什么意思？难道我是有意的吗？梅珊又嬉笑了一声说那只有天知道啦。

颂莲没再理睬梅珊，她兀自躺到床上去，用被子把头蒙住，她听见自己的心怦然狂跳。她不知道自己的心对那一剪刀负不负责任，反正谁都应该相信，她是无意的。这时候她听见梅珊隔着被子对她说话，梅珊说，卓云是慈善面孔蝎子心，她的心眼点子比谁都多。梅珊又说，我自知不是她对手，没准你能跟她斗一斗，这一点我头一次看见你就猜到了。颂莲在被子里动弹了一下，听见梅珊出乎意料地打开了话匣子。梅珊说你想知道我和她生孩子的事情吗？梅珊说我跟卓云差不多一起怀孕的我三个月的时候她差人在我的煎药里放了泻胎药结果我命大胎儿没掉下来后来我们差不多同时临盆她又想先生孩子就花很多钱打外国催产针把阴道都撑破了结果还是我命大我先生了飞澜是个男的她竹篮打水一场空生了忆容不过是个小贱货还比飞澜晚了三个钟头呢。

天已寒秋，女人们纷纷换上了秋衣，树叶也纷纷在清晨和深夜飘落在地，枯黄的一片覆盖了花园。几个女佣蹲在一起烧树叶，一股焦烟味弥漫开来，颂莲的窗口砰地打开，女佣们看见颂莲的脸因愤怒而涨得绯红。她抓着一把木梳在窗台上敲着，谁让你们烧树叶的？好好的树叶烧得那么难闻。女佣们便收起了笤帚箩筐，一个胆大的女佣说，这么多的树叶，不烧怎么弄？颂莲就把木梳从窗里砸到她的身上，颂莲喊，不准烧就是不准烧！然后她砰地关上了窗子。

四太太的脾气越来越大了。女佣们这么告诉毓如。她不让我们烧树叶，她的脾气怎么越来越大了？毓如把女佣呵斥了一通，不准嚼舌头，轮不到你们来搬弄是非。毓如心里却很气，以往花园里的树叶每年都要烧几次的，难道来了个颂莲就要破这个规矩不成？女佣在一边垂手而立，说，那么树叶不烧了？毓如说，谁说不烧的？你们给我去烧，别理她好了。

女佣再去烧树叶，颂莲就没有露面，只是人去灰尽的时候见颂莲走出南厢房。她还穿着夏天的裙子，女佣说她怎么不冷，外面的风这么大。颂莲站在一堆黑灰那里，呆呆地看了会，然后她就去中院吃饭了。颂莲的裙摆在冷风中飘来飘去，就像一只白色蝴蝶。

颂莲坐在饭桌上，看他们吃。颂莲始终不动筷子。她的脸色冷静而沉郁，抱紧双臂，一副不可侵犯的样子。那天恰逢陈佐千外出，也是府中闹事的时机。飞浦说，咦，你怎么不吃？颂莲说，我已经饱了。飞浦说，你吃过了？颂莲鼻孔里哼了一声，我闻焦煳味已经闻饱了。飞浦摸不着头脑，朝他母亲看。毓如的脸就变了，她对飞浦说，你吃你的饭，管那么多呢。然后她放高嗓门，注视着颂莲，四太太，我倒是听你说说，你说那么多树叶堆在地上怎么弄？颂莲说，我不知道，我有什么资格料理家事？毓如说，年年秋天要烧树叶，从来没什么别扭，怎么你就比别人娇贵？那点烟味就受不了。颂莲说，树叶自己会烂掉的，用得着去烧吗？树叶又不是人。毓如说，你这是什么意思，莫名其妙的。颂莲说，我没什么意思，我还有一点不明白的，为什么要把树叶扫到后院来烧，谁喜欢闻那烟味就在谁那儿烧好了。毓如便听不下去了，她把筷子往桌上一拍，你也不拿个镜子照照，你颂莲在陈家算什么东西？好像谁亏待了你似的。颂莲站起来。目光矜持地停留在毓如蜡黄有点浮肿的脸上。说对了，我算个什么东西？颂莲轻轻地像在自言自语，她微笑着转过身离开，再回头时已经泪光盈盈，她说，天知道你们又算个什么东西？

整整一个下午，颂莲把自己关在室内，连雁儿端茶时也不给开门。颂莲独坐窗前,看见梳妆台上的那瓶大丽菊已枯萎得发黑,她把那束菊花拿出来想扔掉,但她不知道往哪里扔,窗户紧闭着不再打开。颂莲抱着花在房间里踱着,她想来想去,结果打开衣橱,把花放了进去。外面秋风又起,是很冷的风,把黑暗一点点往花园里吹。她听见有人敲门。她以为是雁儿又端茶来,就敲了一下门背,烦死了,我不要喝茶。外面的人说,是我,我是飞浦。

颂莲想不到飞浦会来。她把门打开,倚门而立。你来干什么?飞浦的头发让风吹得很凌乱,他捱着头发,有点局促地笑了笑说,他们说你病了,来看看你。颂莲嘘了一声,谁生病啊,要死就死了,生病多磨人。飞浦径直坐到沙发上去,他环顾着房间,突然说,我以为你房间里有好多书。颂莲摊开双手,一本也没有,书现在对我没用了。颂莲仍然站着,她说,你也是来教训我的吗?飞浦摇着头,说,怎么会?我见这些事头疼。颂莲说,那么你是来打圆场的?我看不需要,我这样的人让谁骂一顿也是应该的。飞浦沉默了一会儿说,我母亲其实也没什么坏心,她天性就是固执呆板,你别跟她斗气,不值得。颂莲在房间里来回走着,走着突然笑起来,其实我也没想跟大太太斗气,真的,我也不知道自己是怎么回事,你觉得我可笑吗?飞浦又摇头,他咳嗽了一声,慢吞吞地说,人都一样,不知道自己的喜怒哀乐是怎么回事。

他们的谈话很自然地引到那支箫上去。我原来也有一支箫,颂莲说,可惜,可惜弄丢了。那么你也会吹箫啦?飞浦高兴地问。颂莲说,我不会,还没来得及学就丢了。飞浦说,我介绍个朋友教你怎样?我就是跟他学的。颂莲笑着,不置可否的样子。这时候雁儿端着两碗红枣银耳羹进来，先送到飞浦手上。颂莲在一边说，你看这丫头对你多忠心，不用关照自己就做好点心了。雁儿的脸羞得通红，把另外一碗往桌上一放就逃出去了。颂莲说，雁儿别走呀，大少爷有话跟你说。说着颂莲捂着嘴扑哧一笑。飞浦也笑，他用银勺搅着碗里的点心，说，你对她也太厉害了。颂莲说，你以为她是盏省油灯？这丫头心贱，我这儿来了人，她哪回不在门外偷听？也不知道她害的什么糊涂心思。飞浦察觉到颂莲的不快，赶紧换了话题，他说，我从小就好吃甜食，像这红枣银耳羹什么的，真是不好意思，朋友们都说，女人才喜欢吃甜食。颂莲的神色却依旧是黯然，她开始摩挲自己的指甲玩，那指甲留得细长，涂了凤仙花汁，看上去像一些粉红的鳞片。喂，你在听我讲吗？飞浦说。颂莲说，听着呢，你说女人喜欢吃甜食，男人喜欢吃咸的。飞浦笑着摇摇头，站起身告辞。临走他对颂莲说，你这人有意思，我猜不透你的心。颂莲说，你也一样，我也猜不透你的心。

十二月初七陈府门口挂起了灯笼，这天陈佐千过五十大寿。从早晨起前来祝寿的亲朋好友在陈家花园穿梭不息。陈佐千穿着飞浦赠送的一套黑色礼服在客厅里接待客人，毓如、卓云、梅珊、颂莲和孩子们则簇拥着陈佐千，与来去宾客寒暄。正热闹的时候，猛听见一声脆响，人们都朝一个地方看，看见一只半人高的花瓶已经碎伏在地。

原来是飞澜和忆容在那儿追闹，把花瓶从长几上碰翻了。两个孩子站在那儿面面相觑，知道闯了祸。飞澜先从骇怕中惊醒，指着忆容说，是她撞翻的，不关我的事。忆容也连忙把手指到飞澜鼻子上,你追我,是你撞翻的。这时候陈佐千的脸已经幡然变色,但碍于宾客在场的缘故,没有发作。毓如走过来,轻声地然而又是浊重地嘀咕着,孽种,孽种。她把飞澜和忆容拽到外面,一人揭了一巴掌,晦气,晦气。毓如又推了飞澜一把,给我滚远点。飞澜便滚到地上哭叫起来,飞澜的嗓门又尖又亮,传到客厅里。梅珊先就奔了出来,她把飞澜抱住,睃了毓如一眼,说,打得好,打得好,反正早就看不顺眼,能打一下是一下!毓如说,你这算什么话?孩子闯了祸,你不教训一句倒还护着他?梅珊把飞澜往毓如面前推,说,那好,就交给你教训吧,你打呀,往死里打,打死了你心里会舒坦一些。这时卓云和颂莲也跑了出来。卓云拉过忆容,在她头上拍了一下,我的小祖奶奶,你怎么尽给我添乱呢?你说,到底谁打的花瓶?忆容哭起来,不是我,我说了不是我,是飞澜撞翻了桌子。卓云说,不准哭,既然不是你你哭什么?老爷的喜日都给你们冲乱了。梅珊在一边冷笑了一声,说,三小姐小小年纪怎么撒谎不打愣?我在一边看得清清楚楚,是你的胳膊把花瓶带翻的。四个女人一时无话可说,唯有飞澜仍然一声声哭号着。颂莲在一边看了一会儿,说,犯不着这样,不就是一只花瓶吗?碎了就碎了,能有什么事?毓如白了颂莲一眼,你说得轻巧,这是一只瓶子的事吗?老爷凡事喜欢图吉利,碰上你们这些人没心没肝的,好端端的陈家迟早要败在你们手里。颂莲说,耶,怎么又是我的错了?算我胡说好了,其实谁想管你们的事?颂莲一扭身离开了是非之地,她往后花园去,路上碰到飞浦和他的一班朋友,飞浦问,你怎么走了?颂莲摸摸自己的额头,说,我头疼,我见了热闹场面头就疼。

颂莲真的头疼起来，她想喝水，但水瓶全是空的，雁儿在客厅帮忙，趁势就把这里的事情撂下了。颂莲骂了一声小贱货，自己开了炉门烧水。她进了陈家还是头一次干这种家务活，有点笨手拙脚的。在厨房里站了一会儿，她又走到门廊上，看见后花园此时寂静无比，人都热闹去了，留下一些孤寂，它们在枯枝残叶上一点点滴落，浸入颂莲的心。她又看见那架凋零的紫藤，在风中发出凄迷的絮语，而那口井仍然向她隐晦地呼唤着。颂莲捂住胸口，她觉得她在虚无中听见了某种启迪的声音。

颂莲朝井边走去，她的身体无比轻盈，好像在梦中行路一般。有一股植物腐烂的气息弥漫井台四周，颂莲从地上捡起一片紫藤叶子细看了看，把它扔进井里。她看见叶子像一片饰物浮在幽蓝的死水之上，把她的浮影遮盖了一块，她竟然看不见自己的眼睛。颂莲绕着井台转了一圈，始终找不到一个角度看见自己，她觉得这很奇怪，一片紫藤叶子，她想，怎么会？正午的阳光在枯井中慢慢地跳跃，幻变成一点点白光，颂莲突然被一个可怕的想象攫住，一只手，有一只手托住紫藤叶遮盖了她的眼睛，这样想着她似乎就真切地看见一只苍白的湿漉漉的手，它从深不可测的井底升起来，遮盖她的眼睛。颂莲惊恐地喊出了声音，手。手。她想反身逃走，但整个身体好像被牢牢地吸附在井台上，欲罢不能。颂莲觉得她像一株被风折断的花，无力地俯下身子，凝视井中。在又一阵的晕眩中她看见井水倏然翻腾喧响，一个模糊的声音自遥远的地方切入耳膜：颂莲，你下来。颂莲，你下来。

卓云来找颂莲的时候，颂莲一个人坐在门廊上，手里抱着梅珊养的波斯猫。卓云说，你怎么在这儿？开午宴了。颂莲说，我头晕得厉害，不想去。卓云说，那怎么行？有病也得去呀，场面上的事情，老爷再三吩咐你回去。颂莲说，我真的不想去，难受得快死了，你们就让我清静一会吧。卓云笑了笑，说，是不是跟毓如生气呀？没有，我没精神跟谁生气。颂莲露出了不耐烦的神情，她把怀里的猫往地上一扔，说，我想睡一会儿。卓云仍然赔着笑脸，那你就去睡吧，我回去告诉老爷就是了。

这一天颂莲昏昏沉沉地睡着，睡着也看见那口井，井中那片紫藤叶，她沁出一身冷汗。谁知道那口井是什么？那片紫藤叶是什么？她颂莲又是什么？后来她懒懒地起来，对着镜子梳洗了一番。她看见自己的面容就像那片枯叶一样憔悴毫无生气。她对镜子里的女人很陌生。她不喜欢那样的女人。颂莲深深地叹了一口气，这时候她想起了陈佐千和生日这些概念，心里对自己的行为不免后悔起来。她自责地想我怎么一味地耍起小性子来了，她深知这对她的生活是有害无益的，于是她连忙打开了衣橱门，从里面取出一条水灰色的羊毛围巾，这是她早就为陈佐千的生日准备的礼物。

晚宴上全部是陈家自己人了。颂莲进饭厅的时候看见他们都已落座。他们不等我就开桌了。颂莲这样想着走到自己的座位前，飞浦在对面招呼说，你好了？颂莲点点头，她偷窥陈佐千的脸色，陈佐千脸色铁板般阴沉，颂莲的心就莫名地跳了一下，她拿着那条羊毛围巾送到他面前，老爷，这是我的微薄之礼。陈佐千嗯了一声，手往边上的圆桌一指，放那边吧。颂莲抓着围巾走过去,看见桌上堆满了家人送的寿礼。一只金戒指,一件狐皮大衣,一只瑞士手表,都用红缎带扎着。颂莲的心又一次咯噔了一下,她觉得脸上一阵燥热。重新落座,她听见毓如在一边说,既是寿礼,怎么也不知道扎条红缎带?颂莲装作没听见,她觉得毓如的挑剔实在可恶,但是整整一天她确实神思恍惚,心不在焉。她知道自己已经惹恼了陈佐千,这是她唯一不想干的事情。颂莲竭力想着补救的办法,她应该让他们看到她在老爷面前的特殊地位,她不能做出卑贱的样子,于是颂莲突然对着陈佐千莞尔一笑,她说,老爷,今天是你的吉辰良日,我积蓄不多,送不出金戒指皮大衣,我再补送老爷一份礼吧。说着颂莲站起身走到陈佐千跟前,抱住他的脖子,在他脸上亲了一下,又亲了一下。桌上的人都呆住了,望着陈佐千。陈佐千的脸涨得通红,他似乎想说什么,又说不出什么,终于把颂莲一把推开,厉声道,众人面前你放尊重一点。

陈佐千这一手其实自然,但颂莲却始料不及,她站在那里,睁着茫然而惊惶的眼睛盯着陈佐千,好一会儿她意识到发生了什么,她捂住了脸,不让他们看见扑簌簌涌出来的眼泪。她一边往外走一边低低地碎帛似的哭泣,桌上的人听见颂莲在说,我做错了什么,我又做错了什么?

即使站在一边的女仆也目睹了发生在寿宴上的风波,她们敏感地意识到这将是颂莲在陈府生活的一大转折。到了夜里,两个女仆去门口摘走寿日灯笼,一个说,你猜老爷今天夜里去谁那儿?另一个想了会儿说,猜不出来,这种事还不是凭他的兴致来,谁能猜得到?

两个女人面对面坐着，梅珊和颂莲。梅珊是精心打扮过的，画了眉毛，涂了嫣丽的美人牌口红，一件华贵的裘皮大衣搭在膝上，而颂莲是懒懒的刚刚起床的样子，手指上夹着一支烟，虚着眼睛慢慢地吸。奇怪的是两个人都不说话，听墙上的挂钟嘀嗒嘀嗒响，颂莲和梅珊各怀心事，好像两棵树面对面地各怀心事，这在历史上也是常见的。

梅珊说我发现你这两天脾气坏了，是不是身上来了？

颂莲说这跟那个有什么联系，我那个不准，也不知道什么时候来，什么时候又去了。

梅珊说聪明女人这事却糊涂，这个月还没来？别是怀上了吧？

颂莲说没有没有哪有这事？

梅珊说你照理应该有了，陈佐千这方面挺有能耐的，晚上你把小腰儿垫高一点，真的，不诓你。

颂莲说梅珊你嘴上真是没遮拦亏你说得出口。

梅珊说不就这么回事有什么可瞒瞒藏藏的，你要是不给陈家添个人丁，苦日子就在后面了。我们这样的人都一回事。

颂莲说陈佐千这一阵子根本就没上我这里来，随便吧，我无所谓的。

梅珊说你是没到那个火候，我就不，我跟他直说了，他只要超过五天不上我那里，我就找个伴。我没法过活寡日子。他在我那儿最辛苦，他对我又怕又恨又想要，我可不怕他。

颂莲说这事多无聊，反正我都无所谓的，我就是不明白女人到底是个什么东西，女人到底算个什么东西，就像狗、像猫、像金鱼、像老鼠，什么都像，就是不像人。

梅珊说你别尽自己糟践自己，别担心陈佐千把你冷落了，他还会来你这儿的，你比我们都年轻，又水灵，又有文化，他要是抛下你去找毓如和卓云才是傻瓜呢！她们的腰快赶上水桶那样粗啦。再说当众亲他一下又怎么样呢？

颂莲说你这人真讨厌，我不是这个意思，我是说我自己。

梅珊说别去想那事了，没什么，他就是有点假正经，要是在床上，别说亲一下脸，就是亲他那儿他也乐意。

颂莲说你别说了真让人恶心。

梅珊说那么你跟我上玫瑰戏院去吧，程砚秋来了，演《荒山泪》，怎么样，去散散心吧？

颂莲说我不去，我不想出门，这心就那么一块，怎么样都是那么一块，散散心又能怎么样？

梅珊说你就不能陪陪我，我可是陪你说了这么多话。

颂莲说让我陪你有什么趣呢，你去找陈佐千陪你，他要是没工夫你就找那个医生嘛。

梅珊愣了一下，她的脸立刻挂下来了。梅珊抓起裘皮大衣和围脖起身，她逼近颂莲朝她盯了一眼，一扬手把颂莲嘴里衔着的香烟打在地上，又用脚碾了一下。梅珊厉声说，这可不是玩笑话，你要是跟别人胡说我就把你的嘴撕烂了。我不怕你们，我谁也不怕，谁想害我都是痴心妄想！

飞浦果然领了一个朋友来见颂莲，说是给她请的吹箫老师。颂莲反而手足无措起来，她原先并没把学箫的事情当真。定睛看那个老师，一个皮肤白皙留平头的年轻男子，像学生又不像学生，举手投足有点腼腆拘谨。通报了名字，原来是此地丝绸大王顾家的三公子。颂莲从窗子里看见他们过来,手拉手的。颂莲觉得两个男子手拉手地走路,有一种新鲜而古怪的感觉。

看你们两个多要好,颂莲抿着嘴笑道,我还没见过两个大男人手拉手走路呢。飞浦的样子有点窘,他说,我们从小就认识,在一个学堂念书的。再看顾家少爷,更是脸红红的。颂莲想这位老师有意思,动辄脸红的男人不知是什么样的男人。颂莲说,我长这么大,就没交上一个好朋友。飞浦说,这也不奇怪,你看上去孤傲,不太容易接近吧。颂莲说,冤枉了,我其实是孤而不傲,要傲总得有点资本吧。我有什么资本傲呢?

飞浦从一个黑绸箫袋里抽出那支箫,说,这支送你吧,本来也是顾少爷给我的,借花献佛啦。颂莲接过箫来看了看顾少爷,顾少爷颔首而笑。颂莲把箫横在唇边,胡乱吹了一个音,说,就怕我笨,学不会。顾少爷说,吹箫很简单的,只要用心,没有学不会的道理。颂莲说,就怕我用不上那份心,我这人的心像沙子一样散的,收不起来。顾少爷又笑了,那就困难了,我只管你的箫,管不了你的心。飞浦坐下来,看看颂莲,又看看顾少爷,目光中闪烁着他特有的温情。

箫有七孔,一个孔是一份情调,缀起来就特别优美,也特别感伤,吹箫人就需要这两种感情。顾少爷很含蓄地看着颂莲说,这两种感情你都有吗?颂莲想了想说,恐怕只有后一种。顾少爷说有也就不错了,感伤也是一份情调,就怕空,就怕你心里什么也没有,那就吹不好箫了。颂莲说,顾少爷先吹一曲吧,让我听听箫里有什么。顾少爷也不推辞,横箫便吹。颂莲听见一丝轻婉柔美的箫声流出来,如泣如诉的。飞浦坐在沙发上闭起了眼睛,说,这是《秋怨曲》。

毓如的丫环福子就是这时候来敲窗的,福子尖声喊着飞浦,大少爷,太太让你去客厅见客呢。飞浦说,谁来了?福子说,我不知道,太太让你快去。飞浦皱了皱眉头说,叫客人上这儿来找我。福子仍然敲着窗,喊,太太一定要你去,你不去她要骂死我的。飞浦轻轻骂了一声,讨厌。他无可奈何地站起来,又骂,什么客人?见鬼。顾少爷持箫看着飞浦,疑疑惑惑地问,那这箫还教不教?飞浦挥挥手说,教呀,你在这儿,我去看看就是了。

剩下颂莲和顾少爷坐在房里,一时不知说什么好。颂莲突然微笑了一下说,撒谎。顾少爷一惊,你说谁撒谎?颂莲也醒过神来,不是说你,说她,你不懂的。顾少爷有点坐立不安,颂莲发现他的脸又开始红了,她心里又好笑,大户人家的少爷也有这样薄脸皮的,爱脸红无论如何也算是条优点。颂莲就带有怜悯地看着顾少爷,颂莲说,你接着吹呀,还没完呢。顾少爷低头看看手里的箫,把它塞回黑绸箫袋里,低声说,完了,这下没情调了,曲子也就吹完了。好曲就怕败兴,你懂吗?飞浦一走箫就吹不好了。

顾少爷很快就起身告辞了。颂莲送他到花园里,心里忽然对他充满感激之情,又不宜表露,她就停步按了按胸口,屈膝道了个万福。顾少爷说,什么时候再学箫?颂莲摇了摇头,不知道。顾少爷想了想说,看飞浦安排吧。又说,飞浦对你很好,他常在朋友面前夸你。颂莲叹了口气,他对我好有什么用?这世界上根本就没人可以依靠。

颂莲刚回到屋里,卓云就风风火火闯进来,说飞浦和大太太吵起来了。颂莲先是愣了一下,接着就冷笑道,我就猜到是这么回事。卓云说,你去劝劝吧。颂莲说,我去劝算什么?人家是母子,随便怎么吵,我去劝算什么呢?卓云说,你难道不知道他们吵架是为你?颂莲说,耶,这就更奇怪了,我跟他们井水不犯河水,干吗要把我缠进去?卓云斜睨着颂莲,你也别装糊涂了,你知道他们为什么吵。颂莲的声音不禁尖厉起来,我知道什么?我就知道她容不得谁对我好,她把我看成什么人了?难道我还能跟她儿子有什么吗?颂莲说着眼里又沁出泪花,真无聊,真可恶。她说,怎么这样无聊?卓云的嘴里正嗑着瓜子,这会儿她把手里的瓜子壳塞给一边站着的雁儿,卓云笑着推颂莲一把,你也别发火,身正不怕影子斜,无事不怕鬼敲门,怕什么呀?颂莲说,让你这么一说,我倒好像真有什么怕的了。你爱劝架你去劝好了,我懒得去。卓云说,颂莲你这人心够狠的,我是真见识了。颂莲说,你太抬举我了,谁的心也不能掏出来看,谁心狠谁自己最清楚。

第二天颂莲在花园里遇到飞浦。飞浦无精打采地走着,一路走一路玩着一只打火机。飞浦装作没有看见颂莲,但颂莲故意高声地喊住了他。颂莲一如既往地跟他站着说话。她问,昨天来的什么客人?害得我箫也没学成。飞浦苦笑了一声,别装糊涂了,今天满园子都在传我跟大太太吵架的事。颂莲又问,你们吵什么呢?飞浦摇摇头,一下一下地把打火机打出火来,又吹熄了,他朝四周潦草地看了看,说,待在家里时间一长就令人生厌,我想出去跑了,还是在外面好,又自由,又快活。颂莲说,我懂了,闹了半天,你还是怕她。飞浦说,不是怕她,是怕烦,怕女人,女人真是让人害怕。颂莲说,你怕女人?那你怎么不怕我?飞浦说,对你也有点怕,不过好多了,你跟她们不一样,所以我喜欢去你那儿。

后来颂莲老想起飞浦漫不经心说的那句话,你跟她们不一样。颂莲觉得飞浦给了她一种起码的安慰,就像若有若无的冬日阳光,带着些许暖意。

以后飞浦就极少到颂莲房里来了,他在生意上好像也做得不顺当,总是闷闷不乐的样子。颂莲只有在饭桌上才能看他,有时候眼前就浮现出梅珊和医生的腿在麻将桌下做的动作,她忍不住地偷偷朝桌下看,看她自己的腿,会不会朝那面伸过去。想到这件事她心里又害怕又激动。

这天飞浦突然来了,站在那儿搓着手,眼睛看着自己的脚。颂莲见他半天不开口,扑哧笑了,你葫芦里卖的什么药,怎么不说话?飞浦说,我要出远门了。颂莲说,你不是经常出远门的吗?飞浦说,这回是去云南,做一笔烟草生意。颂莲说,那有什么,只要不是鸦片生意就行。飞浦说,昨天有个高僧给我算卦,说我此行凶多吉少。本来我从不相信这一套,但这回我好像有点相信了。颂莲说,既然相信就别去,听说那里土匪特别多,割人肉吃。飞浦说,不去不行,一是我想出门,二是为了进账,陈家老这样下去会坐吃山空。老爷现在有点糊涂,我不管谁管?颂莲说,你说得在理,那就去吧,大男人整天窝在家里也不成体统。飞浦搔着头沉默了一会,突然说,我要是去了回不来,你会不会哭?颂莲就连忙去捂他的嘴,别自己咒自己。飞浦抓住颂莲的手,翻过来,又翻过去研究,说,我怎么不会看手纹呢?什么名堂也看不出来。也许你命硬,把什么都藏起来了。颂莲抽出了手,说,别闹,让雁儿看见了会乱嚼舌头。飞浦说,她敢我把她的舌头割了熬汤喝。

颂莲在门廊上跟飞浦说拜拜,看见顾少爷在花园里转悠。颂莲问飞浦,他怎么在外面?飞浦笑笑说,他也怕女人,跟我一样的。又说,他跟我一起去云南。颂莲做了个鬼脸,你们两个倒像夫妻了,形影不离的。飞浦说,你好像有点嫉妒了,你要想去云南我就把你也带上,你去不去?颂莲说,我倒是想去,就是行不通。飞浦说,怎么行不通?颂莲搡了他一把,别装傻,你知道为什么行不通。快走吧,走吧。她看见飞浦跟顾少爷从月牙门里走出去,消失了。她说不清自己对这次告别的感觉是什么,无所谓或者怅怅然的,但有一点她心里明白,飞浦一走她在陈家就更加孤独了。

陈佐千来的时候颂莲正在抽烟。她回头看见他时的第一个反应就是把烟掐灭。她记得陈佐千说过讨厌女人抽烟。陈佐千脱下帽子和外套,等着颂莲过去把它们挂到衣架上去。颂莲迟迟疑疑地走过去,说,老爷好久没来了。陈佐千说你怎么抽起烟来了?女人一抽烟就没有女人味了。颂莲把他的外套挂好,把帽子往自己头上一扣,嬉笑着说,这样就更没有女人味了,是吗?陈佐千就把帽子从她头上捞过来,自己挂到衣架上,他说,颂莲你太调皮了。你调皮起来太过分,也不怪人家说你。颂莲立刻说,说什么?谁说我?到底是人家还是你自己,人家乱嚼舌头我才不在乎,要是老爷你也容不下我,那我只有一死干净了。陈佐千皱了下眉头说,好了好了,你们怎么都一样,说着说着就是死,好像日子过得多凄惨似的,我最不喜欢这一套。颂莲就去摇陈佐千的肩膀,既不喜欢,以后不说死就是了，其实好端端的谁说这些，都是伤心话。陈佐千把她搂过来坐到他腿上，那天的事你伤心了？主要是我情绪不好，那天从早到晚我心里乱极了，也不知道为什么，男人过五十岁生日大概都高兴不起来。颂莲说，哪天的事呀，我都忘了。陈佐千笑起来，在她腰上掐了一把，说，哪天的事？我也忘了。

隔了几天不在一起，颂莲突然觉得陈佐千的身体很陌生，而且有一股薄荷油的味道，她猜到陈佐千这几天是在毓如那里的，只有毓如喜欢擦薄荷油。颂莲从床边摸出一瓶香水，朝陈佐千身上细细地洒过了，然后又往自己身上洒了一些。陈佐千说，从哪儿学来的这一套。颂莲说，我不让你身上有她们的气味。陈佐千踢了踢被子，说，你还挺霸道。颂莲说了一声，想霸道也霸道不起呀。忽然又问，飞浦怎么去云南了？陈佐千说，说是去做一笔烟草生意，我随他去。颂莲又说，他跟那个顾少爷怎么那样好？陈佐千笑了一声，说，那有什么奇怪的，男人与男人之间有些事你不懂。颂莲无声地叹了一口气，她摸着陈佐千精瘦的身体，脑子里倏尔浮现出一个秘不告人的念头。她想飞浦躺在被子里会是什么样子？

作为一个具有了性经验的女人，颂莲是忘不了这特殊的一次的。陈佐千已经汗流浃背了，却还是徒劳。她敏锐地发现了陈佐千眼睛里深深的恐惧和迷乱。这是怎么啦？她听见他的声音变得软弱胆怯起来。颂莲的手指像水一样地在他身上流着，她感觉到手下的那个身体像经过了爆裂终于松弛下去，离她越来越远。她明白在陈佐千身上发生了某种悲剧，心里有一种奇怪的感情，不知是喜是悲，她觉得自己很茫然。她摸了下陈佐千的脸说，你是太累了，先睡一会儿吧。陈佐千摇着头说，不是不是，我不相信。颂莲说，那怎么办呢？陈佐千犹豫了一会，说，有个办法可能行，就是不知道你肯不肯？颂莲说，只要你高兴，我没有不肯的道理。陈佐千的脸贴过去，咬着颂莲的耳朵，他先说了一句话，颂莲没听懂，他又说一遍，颂莲这回听懂了，她无言以对，脸羞得极红。她翻了个身，看着黑暗中的某个地方，忽然说了一句，那我不成了一条狗了吗？陈佐千说，我不强迫你，你要是不愿意就算了。颂莲还是不语，她的身体像猫一样蜷起来，然后陈佐千就听见了一阵低低的啜泣。陈佐千说，不愿意就不愿意，也用不到哭呀。没想到颂莲的啜泣越来越响，她蒙住脸放声哭起来。陈佐千听了一会，说，你再哭我走了。颂莲依然哭泣，陈佐千就掀了被子跳下床，他一边穿衣服一边说，没见过你这种女人，做了婊子还立什么贞节牌坊？

陈佐千拂袖而去。颂莲从床上坐起来，面对黑暗哭了很长时间，她看见月光从窗帘缝隙间投到地上，冷冷的一片，很白很淡的月光。她听见自己的哭声还萦绕在她的耳边，没有消逝，而外面的花园里一片死寂。这时候她想起陈佐千临走说的那句话，浑身便颤得很厉害，她猛地拍了一下被子，对着黑暗的房间喊，谁是婊子，你们才是婊子。

这年冬天在陈府是不寻常的，种种迹象印证了这一点。陈家的四房太太偶尔在一起说起陈佐千脸上不免流露暧昧的神色，她们心照不宣，各怀鬼胎。陈佐千总是在卓云房里过夜，卓云平日的状态就很好，另外的三位太太观察卓云的时候，毫不掩饰眼睛里的疑点，那么卓云你是怎么伺候老爷过夜的呢？

有些早晨，梅珊在紫藤架下披上戏装重温舞台旧梦，一招一式唱念做都很认真，花园里的人们看见梅珊的水袖在风中飘扬，梅珊舞动的身影也像一个俏丽的鬼魅。

　　四更鼓哇
　　满江中啊人声寂静
　　形吊影影吊形我加倍伤情
　　细思量啊
　　真是个红颜薄命
　　可怜我数年来含羞忍泪
　　枉落个娼妓之名
　　到如今退难退我进又难进
　　倒不如葬鱼腹了此残生
　　杜十娘啊拼一个香消玉殒
　　纵要死也死一个朗朗清清

　　颂莲听得入迷，她朝梅珊走过去，抓住她的裙裾，说，别唱了，再唱我的魂要飞了，你唱的什么？梅珊撩起袖子擦掉脸上的红粉，坐到石桌上，只是喘气。颂莲递给她一块丝帕，说，看你脸上擦得红一块白一块的，活脱脱像个鬼魂。梅珊说，人跟鬼就差一口气，人就是鬼，鬼就是人。颂莲说，你刚才唱的什么？听得人心酸。梅珊说，《杜十娘》，我离开戏班子前演的最后一出戏就是这。杜十娘要寻死了，唱得当然心酸。颂莲说，什么时候教我唱唱这一段？梅珊瞄了颂莲一眼，说得轻巧，你也想寻死吗？你什么时候想寻死我就教你。颂莲被呛得说不出话，她呆呆地看着梅珊被油彩弄脏的脸，她发现她现在不恨梅珊，至少是现在不恨，即使她出语伤人。她深知梅珊和毓如再加上她自己，现在有一个共同的仇敌，就是卓云。颂莲只是不屑于表露这种意思。她走到废井边，弯下腰朝井里看了看，忽然笑了一声，鬼，这里才有鬼呢，你知道是谁死在这井里吗？梅珊依然坐在石桌上不动，她说，还能是谁，一个是你，一个是我。颂莲说，梅珊你老开这种玩笑，让人头皮发冷。梅珊笑起来说，你怕了？你又没偷男人，怕什么，偷男人的都死在这井里，陈家好几代了都是这样。颂莲朝后退了一步，说，多可怕，是推下去吗？梅珊甩了甩水袖，站起来说，你问我我问谁，你自己去问那些鬼魂好了。梅珊走到废井边，她也朝井里看了会，然后她一字一句念了个道白：屈、死、鬼、哪——

她们在井边断断续续说了一会话，不知怎么就说到了陈佐千的暗病上去。梅珊说，油灯再好也有个耗尽的时候，就怕续不上那一壶油哪。又说，这园子里阴气太旺，损了阳气也是命该如此，这下可好，他陈佐千陈老爷占着茅坑不拉屎，苦的是我们，夜夜守空房。说着就又说到了卓云，梅珊咬牙切齿地骂，她那一身贱肉反正是跟着老爷抖你看她抖得多欢恨不得去舔他的屁眼说又甜又香她以为她能兴风作浪看我什么时候狠狠治她一下叫她又哭爹又喊娘。

颂莲却走神了，她每次到废井边总是摆脱不了梦魇般的幻觉。她听见井水在很深的地层翻腾，送上来一些亡灵的语言，她真的听见了，而且感觉到井里泛出冰冷的瘴气，湮没了她的灵魂和肌肤。我怕。颂莲这样喊了一声转身就跑，她听见梅珊在后面喊，喂你怎么啦你要是去告密我可不怕我什么也没说过。

　　这天忆云放学回家是一个人回来的，卓云马上就意识到什么，她问，忆容呢？忆云把书包朝地上一扔说，她让人打伤了，在医院呢。卓云也来不及细问，就带了两个男仆往医院赶。他们回家已是晚饭时分，忆容头上缠着绷带被卓云抱到饭桌上，吃饭的人都放下筷子，过来看忆容头上的伤。陈佐千平日最宠爱的就是忆容，他把忆容又抱到自己腿上，问，告诉我是谁打的，明天我扒了他的皮。忆容哭丧着脸，说了一个男孩的名字。陈佐千怒不可遏，说他是谁家的孩子？竟敢打我的女儿。卓云在一边抹着眼泪说，你问她能问出什么名堂来？明天找到那孩子，才能问个仔细，哪个丧尽天良的禽兽不如的东西，对孩子下这样的毒手？毓如微微皱了下眉头，说，吃你们的饭吧，孩子在学堂里打架也是常有的事，也没伤着要害，养几天就好了。卓云说，大太太你也说得太轻巧了，差一点就把眼睛弄瞎了，孩子细皮嫩肉的受得了吗？再说，我倒不怎么怪罪孩子，气的是指使他的那个人，要不然，没冤没仇的，那孩子怎么就会从树后面蹿出来，抡起棍子就朝忆容打？梅珊只顾往碗里舀鸡汤，一边说，二太太的心眼也太多，孩子间闹别扭，有什么道理好讲？不要疑神疑鬼的，搞得谁也不愉快。卓云冷冷地说，不愉快的事在后面呢，这口气怎么咽得下去？我倒是非要搞个水落石出不可。

　　谁也想不到的是，第二天吃午饭的时候，卓云领了一个男孩进了饭间，男孩胖胖的，拖着鼻涕。卓云跟他低声说了句什么,男孩就绕着饭桌转了一圈,挨个看着每个人的脸,突然他就指着梅珊说,是她,她给了我一块钱。梅珊朝天翻了翻眼睛,然后推开椅子,抓住男孩的衣领,你说什么?我凭什么给你一块钱?男孩死命挣扎着,一边嚷嚷,是你给我一块钱,让我去揍陈忆容和陈忆云。梅珊啪地打了男孩一个耳光,放屁,我根本就不认识你个小兔崽子,谁让你来诬陷我的?这时候卓云上去把他们拉开,佯笑着说,行了,就算他认错了人,我心中有个数就行了。说着就把男孩推出了吃饭间。

梅珊的脸色很难看,她把勺子朝桌上一扔,说,不要脸。卓云就在这边说,谁不要脸谁心里清楚,还要我把丑事抖个干净啊。陈佐千终于听不下去了,一声怒喝,不想吃饭给我滚,都给我滚!

这事的前后过程颂莲是个局外人,她冷眼观察,不置一词。事实上从一开始她就猜到了是梅珊,她懂得梅珊这种品格的女人,爱起来恨起来都疯狂得可怕。她觉得这事残忍而又可笑,完全没有理智,但奇怪的是,她内心同情的一面是梅珊,而不是无辜的忆容,更不是卓云。她想女人是多么奇怪啊,女人能把别人琢磨透了,就是琢磨不透她自己。

颂莲的身上又来了,没有哪次比这回更让颂莲焦虑和烦躁了。那摊紫红色的污血对于颂莲是一种无情的打击。她心里清楚,她怀孕的可能随着陈佐千的冷淡和无能变得可望而不可即。如果这成了事实,那么她将孤零零地像一叶浮萍在陈家花园漂流下去吗?

颂莲发现自己愈来愈容易伤感,苦泪常沾衣襟。颂莲流着泪走到马桶间去,想把污物扔掉,当她看见马桶浮着一张被浸烂的草纸时,就骂了一声,懒货。雁儿好像永远不会用新式的抽水马桶,她方便过后总是忘了冲水。颂莲刚要放水冲,一种超常的敏感和多疑使她萌生一念,她找到一柄刷子,皱紧了鼻子去拨那团草纸,草纸摊开后原形毕露,上面有一个模糊的女人,虽然被水沤烂了,但草纸上的女人却一眼就能分辨,而且是用黑红色的不知什么血画的。颂莲明白,画的又是她,雁儿又换了个法子偷偷对她进行恶咒。她巴望我死,她把我扔在马桶里。颂莲浑身颤抖着把那张草纸捞起来,她一点也不嫌脏了,浑身的血液都被雁儿的恶行点得火烧火燎。她夹着草纸撞开小偏屋的门,雁儿靠着床在打盹,雁儿说,太太你要干什么?颂莲把草纸往她脸上摔过去,雁儿说,什么东西?等到她看清楚了,脸就灰了,嗫嚅着说不是我用的。颂莲气得说不出话,盯视的目光因愤怒而变得绝望。雁儿缩在床上不敢看她,说,画着玩的,不是你。颂莲说,你跟谁学的这套阴毒活儿?你想害死我你来当太太是吗?雁儿不敢吱声,抓了那张草纸要往窗外扔。颂莲尖声大喊,不准扔!雁儿回头申辩,这是脏东西,留着干吗?颂莲抱着双臂在屋里走着,留着自然有用,有两条路随你走。一条路是明了,把这脏东西给老爷看,给大家看,我不要你来伺候了,你哪是伺候我?你是来杀我来了。还有一条路是私了。雁儿就怯怯地说,怎么私了?你让我干什么都行,就是别撵我走。颂莲莞尔一笑,私了简单,你把它吃下去。雁儿一惊,太太你说什么?颂莲侧过脸去看着窗外,一字一顿地说,你把它吃下去。雁儿浑身发软,就势蹲了下去,蒙住脸哭起来。那还不如把我打死好。颂莲说,我没劲打你,打你脏了我的手。你也别怨我狠,这叫作以其人之道还治其人之身。书上说的,不会有错。雁儿只是蹲在墙角哭,颂莲说,你这会儿又要干净了,不吃就滚蛋,卷铺盖去吧。雁儿哭了很长时间,突然抹了下眼泪,一边哽咽一边说,我吃,吃就吃。然后她抓住那张草纸就往嘴里塞,发出一阵撕心裂肺的干呕声。颂莲冷冷地看着,并没有什么快感,她不知怎么感到寒心,而且反胃得厉害。贱货。她厌恶地看了一眼雁儿,离开了小偏房。

  雁儿第二天就病了,病得很厉害,医生来看了,说雁儿得了伤寒。颂莲听了心里像被什么钝器割了一下,隐隐作痛。消息不知怎么透露了出去,用人们都在谈论颂莲让雁儿吞草纸的事情,说四太太看不出来比谁都阴损,说雁儿的命大概也保不住了。

  陈佐千让人把雁儿抬进了医院。他对管家说,尽量给她治,花费全由我来,不要让人骂我们不管下人死活。抬雁儿的时候,颂莲躲在房间里,她从窗帘缝里看见雁儿奄奄一息地躺在担架上,她的头皮因为大量掉发而裸露着,模样很怕人。她感觉到雁儿枯黄的目光透过窗帘,很沉重地刺透了她的心。后来陈佐千到颂莲房里来,看见颂莲站在窗前发呆。陈佐千说,你也太阴损了,让别人说尽了闲话,坏了陈家名声。颂莲说,是她先阴损我的,她天天咒我死。陈佐千就恼了,你是主子,她是奴才,你就跟她一般见识?颂莲一时语塞,过了会儿又无力地说,我也没想把她弄病,她是自己害了自己,能全怪我吗?陈佐千挥挥手,不耐烦地说,别说了,你们谁也不好惹,我现在见了你们头就疼。你们最好别再给我添乱了。说完陈佐千就跨出了房门，他听见颂莲在后面幽幽地说，老天，这日子让我怎么过？陈佐千回过头回敬她说，随你怎么过，你喜欢怎么过就怎么过，就是别再让用人吃草纸了。

一个被唤作宋妈的老女佣，来颂莲这儿伺候。据宋妈自己说，她在陈府里从十五岁干到现在差不多大半辈子了，飞浦就是她抱大的，还有在外面读大学的大小姐，也是她抱大的，颂莲见她倚老卖老，有心开个玩笑，那么陈老爷也是你抱大的啰。宋妈也听不出来话里的味道，笑起来说，那可没有，不过我是亲眼见他娶了四房太太，娶毓如大太太的时候他才十九岁，胸前佩了一个大金片儿，大太太也佩一个，足有半斤重啊。到娶卓云二太太就换了个小金片儿，到娶梅珊三太太，就只是手上各戴几个戒指，到了娶你，就什么也没见着了，这陈家可见是一天不如一天了。颂莲说，既然陈家一天不如一天，你还在这儿干什么？宋妈叹口气说，在这里伺候惯了，回老家过清闲日子反而过不惯了。颂莲捂嘴一笑，她说，宋妈要是说的真心话，那这世上当真就有奴才命了。宋妈说，那还有假？人一生下来就有富贵命奴才命，你不信也得信呀，你看我天天伺候你，有一天即使天塌下来地陷下去，只要我们活着，就是我伺候你，不会是你伺候我的。

宋妈是个愚蠢而唠叨的女佣。颂莲对她不无厌恶，但是在许多穷极无聊的夜晚，她一个人枯坐灯下，时间长了就想找个人说话。颂莲把宋妈喊到房间里陪着她说话，一仆一主的谈话琐碎而缺乏意义，颂莲一会儿就又厌烦，她听着宋妈的唠叨，思想会跑到很远很奇怪的角落去，她其实不听宋妈说话，光是觉得老女佣黄白的嘴唇像虫卵似的蠕动，她觉得这样打发夜晚实在可笑，但又问自己，不这样又能怎么样呢？

有一回就说起了从前死在废井里的女人。宋妈说那最后一个是四十年前死的，是老太爷的小姨太太，说她还伺候过那个小姨太太半年的光景。颂莲说，怎么死的？宋妈神秘地眨眨眼睛，还不是男男女女的事情。家丑不可外扬，否则老爷要怪罪的。颂莲说，那么说我是外人了？好吧，别说了，你去睡吧。宋妈看看颂莲的脸色，又赔笑脸说，太太你真想听这些脏事？颂莲说，你说我就听。这有什么了不得的？宋妈就压低嗓门说，一个卖豆腐的！她跟一个卖豆腐的私通。颂莲淡淡地说，怎么会跟卖豆腐的呢？宋妈说，那男人豆腐做得很出名，厨子让他送豆腐来，两个人就撞上了。都是年轻血旺的，眉来眼去的就勾搭上了。颂莲说，谁先勾搭谁呀？宋妈嘻地一笑说，那只有鬼知道了，这先后的事说不清，都是男的咬女的，女的咬男的。颂莲又问，怎么知道他们私通的？宋妈说，探子！陈老太爷养了探子呀，那姨太太说是头疼去看医生，老太爷要喊医生上门来，她不肯。老太爷就疑心了，派了探子去跟踪。也怪她谎撒得不圆，到了那卖豆腐的家里，挨到天黑也不出来。探子开始还不敢惊动，后来饿得难受，就上去把门一脚踹开了，说，你们不饿我还饿呢。宋妈说到这里就咯咯笑起来，颂莲看着宋妈笑得前仰后合的，她不笑，端坐着说了声，恶心。颂莲点了一支烟，猛吸了几口，忽然说，那么她是偷了男人才跳井的？宋妈的脸上又有了讳莫如深的表情，她轻声说，鬼知道呢？反正是死在井里了。

夜里颂莲因此就添了无名的恐惧，她不敢关灯睡觉。关上灯周围就黑得可怕，她似乎看见那口废井跳跃着从紫藤架下跳到她的窗前，看见那些苍白的泛着水光的手在窗户上向她张开，湿漉漉地摇晃着。

没人知道颂莲对废井传说的恐惧，但她晚上亮灯睡觉的事却让毓如知道了。毓如说了好几次，夜里不关灯？再厚的家底都会败光的。颂莲对此充耳不闻，她发现自己已经倦怠于女人间的嘴仗，她不想申辩，不想占上风，不想对鸡毛蒜皮的小事表示任何兴趣，她想的东西不着边际，漫无目的，连她自己也理不出头绪。她想没什么可说的干脆不说，陈家人后来都发现颂莲变得沉默寡言，他们推测那是因为她失宠于陈老爷的缘故。

眼看就要过年了，陈府上上下下一片忙碌，杀猪宰牛搬运年货。窗外天天是嘈杂混乱。颂莲独坐室内，忽然想起了自己的生日，自己的生日和陈佐千只相差五天，十二月十二，生日早已过去了，她才想起来，不由得心酸酸的，她掏钱让宋妈上街去买点卤菜，还要买一瓶四川烧酒。宋妈说，太太今天是怎么啦？颂莲说，你别管我，我想尝尝醉酒的滋味。然后她就找了一个小酒盅，放在桌上。人坐下来盯着那酒盅看，好像就看见了二十年前那个小女婴的样子，被陌生的母亲抱在怀里。其后的二十年时光却想不清晰，只有父亲浸泡在血水里的那只手，仍然想抬起来抚摸她的头发。颂莲闭上眼睛，然后脑子里又是一片空白，唯一清楚的就是生日这个概念。生日，她抓起酒盅看着杯底，杯底上有一点褐色的污迹，她自言自语，十二月十二，这么好记的日子怎么会忘掉的？除了她自己，世界上就没人知道十二月十二是颂莲的生日了。除了她自己，也不会有人来操办她的生日宴会了。

宋妈去了好久才回来，把一大包卤肺、卤肠放到桌上。颂莲说，你怎么买这些东西，脏兮兮的谁吃？宋妈很古怪地打量着颂莲，突然说，雁儿死了，死在医院里了。颂莲的心立刻哆嗦了一下，她镇定着自己，问，什么时候死的？宋妈说，不知道，光听说雁儿临死喊你的名字。颂莲的脸有些白，喊我的名字干什么？难道是我害死她的？宋妈说，你别生气呀，我是听人说了才告诉你。生死是天命，怪不着太太。颂莲又问，现在尸体呢？宋妈说，让她家里人抬回乡下去了，一家人哭哭啼啼的，好可怜。颂莲打开酒瓶，闻了闻酒气，淡淡地说了一句，也没什么多哭的，活着受苦，死了干净。死了比活着好。

颂莲一个人呷着烧酒，朦朦胧胧听见一阵熟悉的脚步声，门帘被哗地一掀，闯进来一个黑黝黝的男人。颂莲转过脸朝他望了半天，才认出来，竟然是大少爷飞浦。她急忙用台布把桌上的酒菜一股脑地全部盖上，不让飞浦看到，但飞浦还是看见了，他大叫，好啊，你居然在喝酒。颂莲说，你怎么就回来了？飞浦说不死总要回家来的。飞浦多日不见变化很大，脸发黑了，人也粗壮了些，神色却显得很疲惫的样子。颂莲发现他的眼圈下青青的一轮，角膜上可见几缕血丝，这同他的父亲陈佐千如出一辙。

你怎么喝起酒来了，借酒消愁吗？

愁是酒能消得掉的吗？我是自己在给自己祝寿。

你过生日？你多大了？

管它多大呢，活一天算一天，你要不要喝一杯？给我祝祝寿。

我喝一杯，祝你活到九十九。

胡诌。我才不想活那么长，这恭维话你对老爷说去。

那你想活多久呢？

看情况吧，什么时候不想活就不活了，这也简单。

那我再喝一杯，我让你活得长一点，你要死了那我在家里就找不到说话的人了。

两个人慢慢地呷着酒，又说起那笔烟草生意。飞浦自嘲地说，鸡飞蛋打，我哪里是做生意的料子，不光没赚到，还赔了好几千，不过这一圈玩得够开心的。颂莲说，你的日子已经够开心的，哪有不开心的事？飞浦又说，你可别去告诉老爷，否则他又训人。颂莲说，我才懒得掺和你们家的事，再说，他现在见我就像见一块破抹布，看都不看一眼。我怎么会去向他说你的不是？

颂莲酒后说话时不再平静了，她话里的明显的感情倾向是对着飞浦来的。飞浦当然有所察觉。飞浦的内心开放了许多柔软的花朵，他的脸现在又红又热，他从皮带扣上解下一个鲜艳的绘有龙凤图案的小荷包，递给颂莲。这是我从云南带回来的，给你做个生日礼物吧。颂莲瞥了一眼小荷包，诡谲地一笑说，只有女的送荷包给情郎，哪有反过来的道理呀？飞浦有点窘迫，突然从她手里夺回荷包说，你不要就还给我，本来也是别人送我的。颂莲说，好啊，虚情假意的，拿别人的信物来糊弄我，我要是拿了不脏了我的手？飞浦重新把荷包挂在皮带上，讪讪说，本来就没打算给你，骗骗你的。颂莲的脸就有点沉下来了，我是被骗惯了，谁都来骗我，你也来骗我玩儿。飞浦低下头，偶尔偷窥一下颂莲的表情，沉默不语了。颂莲突然又问，谁送的荷包？飞浦的膝盖上下抖了几下，说，那你就别问了。

　　两个人坐着很虚无地呷酒。颂莲把酒盅在手指间转着玩，她看见飞浦现在就坐在对面，他低着头，年轻的头发茂密乌黑，脖子刚劲傲慢地挺直，而一些暗蓝的血管在她的目光里微妙地颤动着。颂莲的心里很潮湿，一种陌生的欲望像风一样灌进身体，她觉得喘不过气来。意识中又出现了梅珊和医生的腿在麻将桌下交缠的画面。颂莲看见了自己修长姣好的双腿，它们像一道漫坡而下的细沙向下塌陷，它们温情而热烈地靠近目标。这是飞浦的脚，膝盖，还有腿，现在她准确地感受了它们的存在。颂莲的眼神迷离起来，她的嘴唇无力地启开，嚅动着。她听见空气中有一种物质碎裂的声音，或者这声音仅仅来自她的身体深处。飞浦抬起了头，他凝视颂莲的眼睛里有一种激情汹涌澎湃着，身体尤其是双脚却僵硬地维持原状。飞浦一动不动。颂莲闭上眼睛，她听见一粗一细两种呼吸紊乱不堪，她把双腿完全靠紧了飞浦，等待着什么发生。好像是许多年一下子过去了，飞浦缩回了膝盖，他像被击垮似的歪在椅背上，沙哑地说，这样不好。颂莲如梦初醒，她嗫嚅着，什么不好？飞浦把双手慢慢地举起来，作了一个揖，不行，我还是怕。他说话时脸痛苦地扭曲了。我还是怕女人，女人太可怕。颂莲说，我听不懂你的话。飞浦就用手搓着脸说，颂莲我喜欢你，我不骗你。颂莲说，你喜欢我却这样待我。飞浦几乎是哽咽了，他摇着头，眼睛始终躲避着颂莲，我没法改变了，老天惩罚我，陈家世代男人都好女色，轮到我不行了，我从小就觉得女人可怕,我怕女人。特别是家里的女人都让我害怕。只有你我不怕,可是我还是不行,你懂吗?颂莲早已潸然泪下,她背过脸去,低低地说,我懂了,你也别解释了,现在我一点也不怪你,真的,一点也不怪你。

颂莲醉酒是在飞浦走了以后,她面色酡红,在房间里手舞足蹈、摔摔打打的。宋妈进来按她不住,只好去喊陈老爷陈佐千来。陈佐千一进屋就被颂莲抱住了,颂莲满嘴酒气,嘴里胡言乱语。陈佐千问宋妈,她怎么喝起酒来了?宋妈说我怎么会知道,她有心事能告诉我吗?陈佐千差宋妈去毓如那里取醒酒药,颂莲就叫起来,不准去,不准告诉那老巫婆。陈佐千很厌恶地把颂莲推到床上,看你这副疯样,不怕让人笑话。颂莲又跳起来,勾住陈佐千的脖子说,老爷今晚陪陪我,我没人疼,老爷疼疼我吧。陈佐千无可奈何地说,你这样我怎么敢疼你?疼你还不如疼条狗。

毓如听说颂莲醉酒就赶来了。毓如在门口念了几句阿弥陀佛,然后上来把颂莲和陈佐千拉开。她问陈佐千,给她灌药?陈佐千点点头,毓如想摁着颂莲往她嘴里塞药,被颂莲推了个趔趄。毓如就喊,你们都动手呀,给这个疯货点厉害。陈佐千和宋妈也上来架着颂莲,毓如刚把药灌下去,颂莲就啐出来,啐了毓如一脸。毓如说,老爷你怎么不管她,这疯货要翻天了。陈佐千拦腰抱住颂莲,颂莲却一下软瘫在他身上,嘴里说,老爷别走,今天你想干什么都行,舔也行,摸也行,干什么都依你,只要你别走。陈佐千气恼得说不出话,毓如听不下去,冲过来打了颂莲一记耳光,无耻的东西,老爷你把她宠成什么样子了!

南厢房闹成一锅粥，花园里有人跑过来看热闹。陈佐千让宋妈堵住门，不让人进来看热闹。毓如说，出了丑就出个够，还怕让人看？看她以后怎么见人！陈佐千说，你少插嘴，我看你也该灌点醒酒药。宋妈捂着嘴强忍住笑，走到门廊上去把门。看见好多人在窗外探头探脑的。宋妈看见大少爷飞浦把手插在裤袋里，慢慢地朝这里走。她正想让不让飞浦进去呢，飞浦转了个身，又往回走了。

下了头一场大雪，萧瑟荒凉的冬日花园被覆盖了兔绒般的积雪，树枝和屋檐都变得玲珑剔透、晶莹透明起来。陈家几个年幼的孩子早早跑到雪地上堆了雪人，然后就在颂莲的窗外跑来跑去追逐，打雪仗玩。颂莲还听见飞澜在雪地上摔倒后尖声啼哭的声音。还有刺眼的雪光泛在窗户上的色彩。还有吊钟永不衰弱的嘀嗒声。一切都是真切可感。但颂莲仿佛去了趟天国，她不相信自己活着，又将一如既往地度过一天的时光了。

夜里她看见了死者雁儿，死者雁儿是一个秃了头的女人，她看见雁儿在外面站着推她的窗户，一次一次地推。她一点不怕。她等着雁儿残忍的报复。她平静地躺着。她想窗户很快会被推开的。雁儿无声地走进来了，戴着一种头发套子，绾成有钱太太的圆髻。颂莲说，你上哪儿买的头发套子？雁儿说，在阎王爷那儿什么都有。然后颂莲就看见雁儿从髻后抽出一根长簪，朝她胸口刺过来。她感觉到一阵刺痛，人就飞速往黑暗深处坠落。她肯定自己死了，千真万确地死了，而且死了那么长时间，好像有几十年了。

颂莲披衣坐在床上，她不相信死是个梦。她看见锦缎被子上真的插了一根长簪,她把它摊在手心上,冰凉冰凉。这也是千真万确的,不是梦。那么,我怎么又活了呢,雁儿又跑到哪里去了呢?

颂莲发现窗子也一如梦中半掩着,从室外穿来的空气新鲜清冽,但颂莲辨别出窗户上雁儿残存的死亡气息。下雪了,世界就剩下一半了。另外一半看不见了,它被静静地抹去,也许这就是一场不彻底的死亡。颂莲想我为什么死到一半又停止了呢,真让人奇怪。另外的一半在哪里?

梅珊从北厢房出来,她穿了件黑貂皮大衣走过雪地,仪态万千容光焕发的美貌,改变了空气的颜色。梅珊走过颂莲的窗前,说,女酒鬼,酒醒了?颂莲说,你出门?这么大的雪。梅珊拍了拍窗子,雪大怕什么?只要能快活,下刀子我也要出门。梅珊扭着腰肢走过去,颂莲不知怎么就朝她喊了一句,你要小心。梅珊回头对颂莲嫣然一笑,颂莲对此印象极深。事实上这也是颂莲最后一次看见梅珊迷人的笑靥。

梅珊是下午被两个家丁带回来的。卓云跟在后面,一边走一边嗑着瓜子。事情说到结果是最简单了,梅珊和医生在一家旅馆里被卓云堵在被窝里,卓云把梅珊的衣服全部扔到外面去,卓云说,你这臭婊子,你怎么跑得出我的手心?

这天颂莲看着梅珊出去又回来,一前一后却不是同一个梅珊。梅珊是被人拖回北厢房去的,梅珊披头散发,双目怒睁,骂着拖拽她的每一个人。她骂卓云说我活着要把你一刀一刀削了死了也要挖你的心喂狗吃。卓云一声不吭,只顾嗑着瓜子。飞澜手里抓着梅珊掉落的一只皮鞋,一路跑一路喊,鞋掉啰,鞋掉啰。颂莲没有看见陈佐千,陈佐千后来是一个人进北厢房去的,那时候北厢房已经被反锁上了。

颂莲无心去隔壁张望,她怀着异样沉重的心情谛听着梅珊的动静。她很想知道陈佐千会怎么处置梅珊。但是隔壁没有丝毫的动静。一个家丁守在门口,摇着一串钥匙,开锁,关锁。陈佐千又出来了,他站在那里朝花园雪景张望了一番,然后甩了甩手,朝南厢房里走过来。

好大的雪,瑞雪兆丰年哪。陈佐千说。陈佐千的脸比预想的要平静得多。颂莲甚至感觉到他的表现里有一种真实的轻松。颂莲倚在床上,直盯着陈佐千的眼睛,她从中另外看到了一丝寒光,这使她恐惧不安。颂莲说,你们会把梅珊怎么样?陈佐千掏出一支象牙牙签剔着牙,他说,我们能把她怎么样?她自己知道应该怎么样。颂莲说,你们放她一马吧。陈佐千笑了一声说,该怎么样就怎么样。

颂莲彻夜未眠,心如乱麻。她时刻谛听着隔壁的动静,心里想的都是自己的事情。每每想到自己,一切却又是一片空白,正好像窗外的雪,似有似无,有一半真实,另外一半却是融化的虚幻。到了午夜时分,颂莲忽然又听见了梅珊唱她的京戏,有点不相信自己的耳朵,屏息再听,真的是梅珊在受难夜里唱她的京戏。

    叹红颜薄命前生就
    美满姻缘付东流
    薄幸冤家音信无有
    啼花泣月在暗里添愁
    枕边泪呀共那阶前雨

隔着窗儿点滴不休

山上复有山

何日里大刀环

那欲化望夫石一片

要寄回文只字难

总有这角枕锦衾明似绮

只怕那孤眠不抵半床寒

  整个夜里后花园的气氛很奇特，颂莲辗转难眠，后来又听见飞澜的哭叫声，似乎有人把他从北厢房抱走了。颂莲突然再也想不出梅珊的容貌，只是看见梅珊和医生在麻将桌下交缠着的四条腿，不断地在眼前晃动，又依稀觉得它们像纸片一样单薄，被风吹起来了。好可怜，颂莲自言自语着，听见院墙外响起了第一声鸡啼，鸡啼过后世界又是一片死寂，颂莲想我又要死了。雁儿又要来推窗户了。

  颂莲迷迷糊糊半睡半醒着。这是凌晨时分，窗外一阵杂沓的脚步声惊动了颂莲，脚步声从北厢房朝紫藤架那里去。颂莲把窗帘掀开一条缝，看见黑暗中晃动着几个人影，有个人被他们抬着朝紫藤架那里去。凭感觉颂莲知道那是梅珊，梅珊无声地挣扎着被抬着朝紫藤架那里去。梅珊的嘴被堵住了，喊不出声音。颂莲想他们要干什么，他们把梅珊抬到那里去想干什么。黑暗中的一群人走到了废井边，他们围在井边忙碌了一会儿，颂莲就听见一声沉闷的响声，好像井里溅出了很高很白的水珠。是一个人被扔到井里去了。是梅珊被扔到井里去了。

  大概静默了两分钟，颂莲发出了那声惊心动魄的狂叫。陈佐千闯进屋子的时候看见她光着脚站在地上，拼命揪着自己的头发。颂莲一声声狂叫着，眼神黯淡无光，面容更像一张白纸。陈佐千把她架到床上，他清楚地意识到这是颂莲的末日，她已经不是昔日那个女学生颂莲了。陈佐千把被子往她身上压，说你看见什么？你到底看见了什么？颂莲说，杀人。杀人。陈佐千说，胡说八道。你看见了什么？你什么也没有看见。你已经疯了。

第二天早晨，陈家花园爆出了两条惊人的新闻。从第二天早晨起，本地的人们，上至绅士淑子阶层，下至普通百姓，都在谈论陈家的事情，三太太梅珊含羞投井，四太太颂莲精神失常。人们普遍认为梅珊之死合情合理，奸夫淫妇从来没有好下场。但是好端端的年轻文静的四太太颂莲怎么就疯了呢，熟知陈家内情的人说，那也很简单，兔死狐悲罢了。

第二年春天，陈佐千又娶了第五位太太文竹。文竹初进陈府，经常看见一个女人在紫藤架下枯坐，有时候绕着废井一圈一圈地转，对着井中说话。文竹看她长得清秀脱俗，干干净净，不太像疯子，问边上的人说，她是谁？人家就告诉她，那是原先的四太太，脑子有毛病了。文竹说，她好奇怪，她跟井说什么话？人家就复述颂莲的话说，我不跳，我不跳，她说她不跳井。

颂莲说她不跳井。

三 盏 灯

苏 童

1

平原上的战争像一只巨大的火球,它的赤色烈焰吞掠过大片的田野、房屋、牲畜和人群,现在它终于朝椒河一带滚过来了。

雀庄的村民们已经陆陆续续地疏散离村。几天来偌大的村庄鸡犬不宁,到处充斥着慌乱和嘈杂的声音,主要是那些女人和孩子,女人们抱着盐罐爬上牛车,突然又想起来要带上腌菜坛子,她们就是这样丢三落四的令人烦躁。而孩子们对这次迁徙的实质漠然不知,他们在牛车离村的前夕仍然玩了一次游戏。娄宽家套车的牛被几个孩子拴住了前腿,娄宽赶车,车不动,路边的老枣树却哗啦啦地摇晃起来。娄宽以为是老牛偷懒，大骂道，你个畜生也敢来闹事呀？啪的一鞭下去，牛就尥了蹶子，娄宽一家人全从牛车上栽了下来。

村长娄祥没说什么，娄祥蹲在地上喝粥，眼睛不时地瞟一下几米开外的茅厕，娄祥最小的儿子还蹲在那儿，娄祥一边喝粥一边说，也没什么给他吃，哪来这么多屎尿？娄祥的女人却性急，在旁边跺着脚喊，你好没好，好没好呢？都什么时候了，你还粘在那缸上！

娄祥一边喝粥一边推了女人一把，让孩子蹲吧，拉光了上路才痛快。娄祥毕竟是个闯过码头见过世面的人，牛车套好了，粮食和箱子都搬上了车，娄祥还慢吞吞地喝完了一大碗粥，吃饱了肚子娄祥才有力气维持村里混乱的秩序。

慌什么？你慌什么？娄祥突然跳起来直奔娄福家的牛车，耳朵里长猪屎啦？告诉你们多少遍了，带上粮食就行了，牵那么多牲口干什么，就你们家有猪有羊？人家是来打仗，脑袋都拴在裤腰带上，谁稀罕你的猪你的羊？

娄福仍然将他的大黑猪往车上赶，谁稀罕？娄福气咻咻地说，就是不打仗，我家还少了好几头羊好几只鸡呢。

娄祥刚想骂什么，一转眼看见娄守义一家正喊着号子把他家的衣柜往牛车上搬，不怕把牛压坏啦？这帮人，耳朵都让猪屎堵住了！娄祥这回可真着急了，他挥舞着手里的碗冲过来冲过去，手里拿着筷子朝这人捅一下，朝那人捅一下，都给我上车，马上走，再不走路上就碰到十三旅，十三旅见人就杀，你们要是不怕就别走啦！娄祥把手里的碗狠狠地砸碎，你们把房子也背上走吧，你们这帮猪脑子的东西！

正午之前最后一批村民离开了雀庄，村长娄祥坐在牛车上隐隐地听见县城方向的枪炮声,别慌,军队离我们还有三十里地呢,娄祥对他一家人说,我们去河西躲一躲,躲个十天半月的就回来了,怕什么呢?打仗可不像种田,稻子一季一季的都得插秧,打仗总有打完的一天。人可不像稻子,割下来还能打谷留种,不管是十三旅还是三十旅,打仗就得死人,人死光了怎么办?仗就不打了,我们就回家啦。

牛车走得很慢,村长娄祥回头望了望雀庄的几十间房屋和几十棵杂树,突然觉得自己丢下了一件什么东西。没丢下什么东西?他问身旁的女人。女人说,把一筐白菜丢下了,你偏不让带。娄祥说,我不是说白菜。娄祥皱着眉头数了数他的一堆儿女,大大小小男男女女的,一共六个,一个也不少,这时候牛车经过村外的河滩地,娄祥看见河滩上的一群鸭子和一间草棚,倏地就想起了养鸭子的扁金,扁金呢,怎么没有捎上扁金?娄祥打了一下自己的额头,我让他们气晕了,怎么没有捎上扁金?

娄祥要回去找扁金,被他女人拉住了,女人说,你以为扁金是傻子?人家早跑了,你没见他把鸭子都丢下啦?就是傻子也知道躲打仗,没准他跑得比你快呢。

娄祥说扁金满脑子都是猪屎,也差不多是个傻子,扁金没爹没娘的,要是有个三长两短,别人还不是说我这个村长么?娄祥说着就从屁股底下拿出铜锣,当当地用力敲了几下,一边敲一边朝前后左右喊着,扁金,扁金,谁看见扁金了?

娄福的儿子在前面说,前天还看见他爬在树上掏鸟窝呢,他不是掏鸟,是掏鸟粪,扁金给他的鸭子喂鸟粪呢。

屁话,说了等于没说。娄祥又扯高嗓门喊了一遍,你们谁

三盏灯

看见扁金?

娄守义的女人在后面说,早晨看见他往河边去了,说是去找鸭子。

这种日子还在找鸭子?他是傻子你也是傻子,你就没告诉他打仗的事?

怎么没告诉他?他说他不怕打仗嘛,他说他后脑勺上也长眼睛嘛,他一定要找他的鸭子。

村长娄祥收起铜锣骂了一声,这个傻子,死了活该。娄祥放眼瞭望冬天的河滩地,视线所及尽是枯黄的芦苇杂草,椒河两岸一片死寂,远远地从河下游又传来了零星的枪声。这种日子谁还会满地里找鸭子呢?娄祥想扁金看来真的是个傻子,扁金若是为了只鸭子挨了子弹,死了也是白死,那也怪不到他的头上啦。

原野上的风渐渐大了,风把淡黄色的阳光一点点地吹走,天空终于变成了铅色。快要下雪了。疏散的人们途经马桥镇时最初的雪珠泻落下来,不知从哪儿飘来布幔似的雾气,很快弥漫在马桥镇人家的青瓦白墙上。石子路上空无一人,只有一两只野狗在学校里狂吠着,很明显镇上的居民已经疏散了。来自雀庄的牛车第一次畅通无阻地穿过这个小镇,这种情形也使雀庄人散漫的逃难变得紧迫了一些,村长娄祥不断地催促着他的村民,甩鞭呀,让你们的牛走快点,不想挨子弹就走快点吧!

牛车队路过昌记药铺的门口,许多人看见了一个扎着绿头巾的女孩,女孩有十二三岁的样子,绿头巾蒙住了大半个脸蛋,只露出一双漆黑的圆圆的眼睛,那双眼睛直视着雀庄疏散的人群,大胆而泼辣,她的寻寻觅觅的目光让人疑惑,她手里提着的两件东西更加让人摸不着头脑,许多人都看见了,女孩的一只手提着一只铁皮油桶,另一只手提着一条鱼。

你是谁家的孩子?跟家里人走散啦?娄祥勒住了牛车招呼药铺门口的女孩,都什么时候了,你还傻站在这儿?上车来吧,你要是不想挨流弹就上车来吧。

女孩摇了摇头,她仍然倚在药铺的杉木门板上,但她的一只脚突然抬起来,脚掌反蹬着药铺的门板,开门,怎么不开门?女孩的声音听上去焦急而尖利,我要抓药,我娘的药呀!

镇上人早都走光了,你不知道要打仗吗?娄祥在牛车上喊,这种时候谁还到药铺来抓药,你脑子里长的是猪屎吗?没人在怎么开门?

你脑子里才长猪屎。女孩瞪了娄祥一眼,猛地转过身,用手里的铁皮油桶继续撞着药铺的门板。开门,快开门,女孩的哭声突然惊雷似的钻进雀庄人的耳朵。女孩一边哭一边对着药铺门上的锁孔大声叫喊着,朱先生你不是人,你怎么不把药挂在门上?你吃了我家多少鱼呀,吃了鱼不给药,你就不是个人。

牛车上的人们一时都惊呆了,他们现在看清了女孩手里的那条鱼,娄祥的儿子大叫起来,是条大黑鱼。但娄祥转身就给了儿子一个巴掌,你管它是黑鱼白鱼?娄祥悻悻地说,从来没见过这么傻的女孩子,比扁金还傻,她要抓药就让她去抓药吧,我才不管这份闲事。

娄祥带着雀庄的牛车队继续赶路,空中的雪花已经像棉絮般地飘落下来,雪花其实不是花,它们湿湿地挂在人的棉帽和眉毛上,凝成冰凉的水滴,抹掉了又长出来。娄祥摘下头上的

三盏灯　61

棉帽掸去上面的雪花,一转脸看见那个扎绿头巾的女孩追上来了。女孩追着娄守义家的牛车跑,女孩跟娄守义的女人说着什么,娄祥听不清,后来他看见她站住了。她站住了,左手提着铁皮油桶,右手拎着那条鱼,娄祥看见漫天的雪花把那个小小的身影与雀庄的牛车隔绝开来,后来铁皮油桶和鱼都看不见了,只看见女孩的绿头巾在风雪中映出一点点绿色。

那女孩跟你说什么?娄祥问娄守义的女人。

她要用鱼跟我换灯油,娄守义的女人说,哪来的灯油呢,这种日子谁还顾上带灯油呢?

她要灯油干什么?娄祥嗤地笑了一声说,从来没见过这么傻的女孩子,灯油?要是挨了子弹白天黑夜还不是一样亮,要灯油干什么?你们说要了灯油干什么?

雀庄的人们在疏散途中愁眉苦脸,没有人乐于说那个陌生女孩的事情。现在他们的耳朵里灌满了风雪的沙沙之声,还有令人心焦的牛铃和车轴的鸣响,除此之外就是东南方向那种零乱的没有节奏的枪炮声了。

谁都知道,战争中的人们想得最多的还是有关战争的事。

2

鹅毛大雪一朵一朵地落下来,椒河两岸已经是白茫茫的一片了。无论扁金怎么诅咒,大雪还是在扩张它刺眼的白色,大雪纷纷扬扬地落下来,扁金就更加找不到他的鸭子了,这种天气鸭子不肯下河,鸭子要是躲进芦苇丛里,那扁金就休想在天黑以前找到它们了。

丢了三只鸭子，不是丢了，是它们自己离群跑了。扁金手持鸭哨在河滩地上搜寻他的鸭子，手里的鸭哨扫遍了芦苇，干枯的苇絮飞扬起来，混在漫天飞雪里，落满扁金的肩头，但他却看不见三只走失的鸭子。该死的天公，让你下雪你不下，不让你下雪你偏偏下了。扁金诅咒着天公，忽然想起村里人说天公骂不得，谁骂天公谁就会让雷电劈掉半边脸，扁金有点后悔，就拧了把自己的嘴。扁金这么生气，不骂几声心里堵得发慌，后来他就开始骂他的三只走失的鸭子，贱货，不要脸的畜生，就你们长了两只脚，就你们会跑？扁金说，我不信抓不到你们，抓到你们谁也饶不了，一、二、三，全扔开水锅里，烫你们的毛，吃你们的肉，谁也饶不了！

扁金沿着河滩地走出去大约半里地，没有看见一只鸭子的踪影，却看见漫天的雪越下越大，椒河在前面拐了个弯，河汊被折成一个弓形，扁金发现河汊边多长了半亩沙地，有一条捕鱼船泊靠在那里，扁金不是傻子，他知道每年冬天椒水会瘦下去，瘦到河底就露出这片荒沙地了，但那只捕鱼船却来得奇怪，很少有人到这里来捕鱼的，椒河流到雀庄水里就只剩下些小鱼小虾了，只够喂扁金的鸭群。扁金不喜欢在雀庄的地盘上看见捕鱼船。扁金觉得这条又破又旧的捕鱼船来得真是奇怪。

喂，看见鸭子了吗？扁金一边喊一边朝捕鱼船走去，他用鸭哨捅了捅船篷，没听见任何回应。人上哪儿去了？让鱼虾吞到肚子里去了？扁金嘀咕着跳到船上去，船剧烈地摇晃起来，扁金就一把抱住了大橹，这是什么鬼船？晃得这么厉害。扁金好不容易站稳了，一转眼看见篷顶上站着两只鱼鹰，两只鱼鹰扑扇着翅膀，抖落了羽毛上的雪花，它们红色的明亮的眼睛充满威胁的意味,这让扁金有点惊慌,扁金说,你们盯着我干什么?想咬我呀?你们是什么鬼东西?这么黑这么难看。两只鱼鹰像人一样转了个身,扁金就拿着鸭哨在一只鱼鹰的脚上撩了一下,这是一次试探,那只鱼鹰却猛地张开双翅跳进了河水,紧接着另一只鱼鹰也跳下去了。扁金松了口气,他说,什么鬼东西,还想来咬我?

从船舱里突然传来了一种微弱的声音,好像是一个女人,扁金掀开草帘,舱内暗沉沉的,一股大蒜和鱼腥混合的气味扑鼻而来,扁金只能看见那个女人苍白的脸和蓬乱的头发,它们几乎埋在一堆破棉絮里。

别去惹我的鱼鹰,它们会咬人。女人说。

你说什么呢?我听不清,扁金蹲在那里,但他的脑袋好奇地探进了舱内,扁金说,你快死了吗,你说话怎么像死人一样有气无力的?

别去惹鱼鹰,会咬人。女人说。

我没惹它们,是它们想惹我。扁金说,我才不会惹那两个鬼东西,我是来找鸭子的,喂,你看见我的鸭子了吗?

看不见了,我的眼睛坏了,什么也看不见。女人的声音听上去仍然很微弱。

你是个瞎子?呸,瞎子怎么还在河上捕鱼?扁金说,你是瞎子怎么把船摇到这里来的?这里要打仗啦,人都跑光了,你来干什么?告诉你,人都长着眼睛子弹可不长眼睛,告诉你吧,我前几天去马桥镇卖鸭蛋,看着肉铺掌柜的女儿给流弹打死了,那女孩还在吃棒棒糖呢,一蹦一跳的,砰的一声就扑在地上了,那女孩嘴里还咬着棒棒糖呢。

船舱里的女人不再说话，女人不说话的时候喉咙里仍然发出一种声音，很浑浊的，像是在喘气也像是呜咽。

他们都跑光了，吓得都尿了裤子。扁金说，告诉你吧，子弹不长眼睛，可我扁金后脑勺上也长眼睛，我才不会让子弹打到我头上。

船舱里的女人不再说话，她似乎是没有力气说话了。她没有力气说话，但扁金觉得她的喉咙像一架纺车纺出一种单调而固执的声音，碗儿……小……碗……碗儿。

你要一只碗？扁金说，你不要碗？我猜你也不要碗，没有吃的要碗干什么？不过人要是没有吃的迟早会饿死，我扁金却饿不死，没有米吃我就吃鸭蛋，扁金说到鸭蛋人便突然跳了起来，鸭子！我得去找鸭子了，我哪有闲工夫跟你说话呀？扁金说着急急忙忙地下了船，下了船回头一望，恰巧看见两只黑鱼鹰从水中钻出来，它们的嘴里各自咬住了一条小鱼。扁金顿时有一种愠意，他觉得它们抢走了鸭子的食物。你们是什么鬼东西？扁金挥起鸭哨朝它们打去，嘴里高声叫道，放下，放下，不准你们吃这里的鱼。

就在这时雪地里响起了一串细碎急促的脚步声，扁金看见一个扎绿头巾的女孩朝自己疯狂地奔来，女孩眼睛里的愤怒之光使扁金感到一丝紧张。你要干什么？扁金横过鸭哨杆挡住自己的身体，他说，我没干什么，你要干什么？

女孩像一头小母牛似的朝扁金撞过来，她挥起左手那条鱼打了扁金一下，又将右手的铁皮油桶砸向扁金。扁金慌忙之中用他的鸭哨挡了几下，听见极其清脆的噼啪一声，他的鸭哨被拦腰截断了。

你疯啦？你是个傻子吗？扁金大叫起来，他说，你把我的鸭哨杆子弄断了，要你赔！

女孩拉住扁金的鸭哨不放，扁金以为她会骂人，但女孩只是用她的黑眼睛瞪着他。

你瞪着我干什么，想吃了我？扁金说。

女孩松开了手，但那只小手不依不饶，几乎是在眨眼之间，扁金脸上被她重重地掐了一把。

你掐我干什么？扁金说，你把我的鸭哨杆子弄断了，你要赔，赔不出来给我一条鱼也行。

女孩已经跳到了捕鱼船上，女孩一上船就呜呜地大哭起来，那种凄厉的突如其来的哭声同样让扁金觉得茫然。扁金凑近了船舱听那女孩的哭声，掐了我你还哭？你还占理啦？扁金嘀咕着，但女孩渐渐把扁金的心哭乱了，扁金摸不着头脑了，他说，哭什么呢？我不要你赔鸭哨了，我不要你的鱼了，你还哭什么呢？扁金又想会不会是舱里那个女人咽气了，他透过草帘子朝里面张望，看见那母女俩抱在一起，女人并没有死，她的脸色虽然比雪还要白，但她的嘴唇还在动呢。扁金摇着头说，人还活着嘛，又没死人，你哭什么呢？哭得人心里难受。

人与船都在雪中，大雪未有停歇的迹象，椒河上空的天色其实已经被大雪染得灰白不清了，扁金又想起了那三只走失的鸭子，于是对着捕鱼船喊，喂，那女孩，我说你别哭了，你看见我的鸭子了吗？

那女孩——扁金后来才知道那女孩就是小碗，原来碗儿是那女孩的名字。

3

　　大雪封门,大雪封住了一座空荡荡的村庄。从河滩通往娄氏祠堂的土路已经被积雪所覆盖,村里人抛下的几只鸡几只兔子都在圈栏里与柴草为伴,雪地上唯一的人迹是养鸭人扁金的脚印。

　　扁金的脚印杂乱地铺在许多人家的门前窗后,更多是嵌在人家的鸡窝或猪厩门口,两天来扁金一直在找那三只走失的鸭子,他想鸭子又不是麻雀,鸭子不会飞走的,它们能跑到哪里去呢?扁金的脚印有时一直踩到别人家的房顶上,偌大的村庄看不见一个人影,也就没有人来阻止扁金越轨的行为,假如现在娄福看见了扁金,他的鼻子一定会被气歪的,现在扁金就站在娄福家新盖的大瓦房顶上。

　　扁金手搭前额朝四周瞭望,到处都是白茫茫的,村里村外一片死寂。扁金知道一村人都跑光了,就剩下他一个。扁金想剩下他一个人才好,要不他怎么敢爬上娄福家的房顶呢?扁金听见娄福家的新瓦在他脚底下咯吱咯吱地响,那是娄福家的新瓦,扁金一点也不心疼。他想起娄福平日挂着一只怀表在村里走来走去的模样,心里就很生气,娄福从来不搭理他,娄福的女人也总是乜斜着眼睛看他。娄福家有钱有地还有新瓦房,可他们就不如村长娄祥,村长还常常从自家地里挖几只红薯给他呢,娄福是未出五服的血亲,可他连一根针也舍不得送他。扁金突然压抑不住一股怒火,他走近烟囱,朝里面塞进去一片瓦,那片瓦卡在烟囱里了,扁金想象着娄福家浓烟倒灌的景象,想象着娄福吹胡子瞪眼睛的样子,嘴里便咯咯地

三盏灯

笑出了声。

椒河上游的那座岗楼是扁金无意中发现的，扁金并不知道那是战争的特殊建筑，他以为是砖窑，他想花村什么时候有了砖窑呢，他竟然一点也不知道。雪晴后的阳光非常刺眼，扁金脑袋转了一圈，后来他就看见了河滩边的那只捕鱼船，白雪盖住了船篷，船远远地望去更显单薄破败了，但扁金看见了女孩小小的身影，她的绿头巾像一片树叶在他视线里飘来飘去的，他不知道女孩在干什么，过了一会儿他看见了船头上的那堆红火，也许捕鱼船上的母女俩在生火煮饭了，别人家的饭锅总是让扁金饥肠辘辘，他从不喜欢看别人煮饭，但现在不同了，捕鱼船上的那堆红火使扁金感到某种莫名的安慰。不知为什么，他看见那堆红火心里就不再那么冷清了。

空寂的村庄没有人迹，没有人才好呢，扁金告诉自己这是他从小到大最自由的时光。扁金的嘴里发出一串快乐的呼啸声，他叉开双脚像鸭子一样走了一程，又伸出双臂像水鸟一样飞了一程，扁金发现他的脚已经踩在王寡妇的菜园里。他想起去年他的鸭子跑进王寡妇的菜园，王寡妇横眉竖目骂得多么难听，她还放狗咬他的鸭子，那条恶狗竟然咬了一嘴鸭毛！那女人不是东西，她心疼自己的菜园，那我就不心疼自己的鸭子吗？扁金抓过一根树棍砍击着菜园里的萝卜秧子，但砍了几下就把树棍扔掉了，他想起王寡妇是个寡妇，村里人都说她可怜，再说他扁金堂堂男子汉不该跟妇道人家一般见识的。

扁金翻过菜园的篱笆跳进了娄守义家的院子，娄守义家的院子堆满了柴草和坛坛罐罐，扁金几乎一眼就看见柴堆上一摊干结的鸭屎，扁金的目光发直，脸却慢慢地白了。他知道娄守义家不养鸭子只养鸡，而鸭屎与鸡屎就是变成灰他也能区分出来。扁金呼呼地喘着粗气，在院子里转了一圈，这个杂乱的院子里塞满了破烂，扁金就把所有的破烂挪了窝，没有看见鸭子，但他看见一只破篮从柴堆中滚落下来，一大堆棕黑相间的鸭毛从篮子里滚到扁金的脚边，一大堆松软而温暖的鸭毛洒着许多猩红的血珠。扁金的脑袋嗡地响了一下，扁金的肺砰的爆炸了。娄守义家吃了我的鸭子！吃了我的鸭子，我的鸭子，三只鸭子！扁金捧起那堆鸭毛，他看见那堆鸭毛抖个不停，他知道鸭毛是不会发抖的，是他的手在发抖。扁金捧着那堆鸭毛不知拿它们怎么办，娄守义偷吃了我的鸭子！过了好一会扁金突然狂叫了一声，他听见自己凄厉的声音在村庄上空回荡，没有人会听见他的叫声。

扁金坐在娄守义家的院子里，他知道自己的屁股埋在一堆积雪中，但他站不起来，他想弄明白娄守义家什么时候偷走了他的三只鸭子。昨天还在村外看见娄守义的女人呢，昨天那女人还笑眯眯地跟他说话呢，她还说，鸭子丢不了的，你别找啦，它们明天自己就回棚了，这个不要脸的馋嘴女人！扁金的牙齿咬得咯咯响，这个不要脸的馋嘴的一家人！他们舍不得宰自己的鸡杀自己的羊，却把我扁金的鸭子偷吃啦！

报复的念头来得突然而猛烈，扁金把手里的鸭毛一点点地撒在地上，身子像一个爆竹从地上蹿了起来。还我的鸭子！扁金大叫着抓起一只鸡食盆，用力摔在地上。还我的鸭子！扁金又抱起一只水坛砸成了碎片，这么砸掉了所有的坛坛罐罐，扁金的怒火未见一丝的消退，他突然意识到砸坏的东西本来就是破烂，它们不能补偿三只活蹦乱跳的鸭子，要是娄守义家的猪

三盏灯　69

羊还在就好了，但他们大概带走了所有的牲畜。扁金抬起头绝望地瞪着天空，天空其实没什么可看的，昨天下雪时阴沉着脸，今天雪停了天也就蓝了，蓝得刺人眼睛，就像娄守义女人身上穿的蓝棉袄，刺人眼睛。扁金的视线绝望地下沉，掠过娄守义家的屋顶，屋顶下的一条绳子在风中晃来荡去的，有一只干辣椒还孤单地挂在绳上。扁金跳起来摘下那唯一的干辣椒，放在嘴里狠狠地咬了一口，然后他看见了娄守义家门上的春联，春联的红纸黑字都完好无损，扁金不认识字，但他猜出那是什么五谷丰登六畜兴旺的意思，让你丰登让你兴旺，扁金这么叫喊着就去撞娄守义家的门。

娄守义家的门和门的铁锁都很结实，怎么撞还是结结实实的；如此结实的门和锁让扁金添了一丝新的愤怒，让你的门结实去，让你的锁结实去！扁金灵机一动，他绕到房后跳上了猪厩的顶棚，然后便异常轻松地爬上了娄守义家的房顶。

你知道娄守义家也是瓦房，雀庄的人们所谈论的六间大瓦房之一，娄守义家房顶的两个檐头还雕着龙凤图案呢，你知道娄福就为了和娄守义赌一口气，才盖起了雀庄最高最大的新瓦房，但是现在扁金跳上去了，扁金怒发冲冠，现在就是让娄守义一家九口人跪在地上哭，就是赔给扁金三百只鸭子也没用了，扁金才不管盖一座瓦房是多么不易，他要毁掉娄守义家的大瓦房了。

扁金用房顶上的磨盘做了帮手，他推着磨盘在房顶上滚了几遍，那些青瓦就发出一串清脆的碎裂声，扁金怒发冲冠，就是那些青瓦都像女人一样哭闹起来也没用了。扁金干脆就坐在房顶上乒乒乓乓地敲打起来，直到把娄守义家的房顶敲出一个大窟窿，一个很大的大窟窿。

是一颗呼啸而过的子弹惊醒了扁金，子弹不知从何处飞来，但它似乎是冲着他射来的。扁金吓了一跳，扔下磨盘就跑，扁金扒住屋檐朝四周环视了一圈，他看见北面的官道上有一列军队通过，有三百多号人，带着枪炮辎重过来了，扁金看见几个士兵半跪在河沟边，他们手里的枪管明白无误地指向他，指向娄守义家的这间房子。

扁金吓坏了，他从娄守义家的房顶摔到猪厩棚上，又从猪厩棚上滚到地上，子弹，子弹，扁金尖叫了两声就跑到了村巷里。兵来了，打仗啦！扁金沿途拍打着各家各户的门窗，手都拍疼了才想起村里人都跑光了，就剩下他一个人了。这时候扁金真正感到了恐惧，而且他的裤带不知怎么断了，扁金提着裤子在村里狂奔，他想去鸭棚圈好他的那群鸭子，他朝河滩地跑了一段路又折回来了，他想现在我不能去管鸭子了，现在我还去找鸭子我不成了傻子吗？他想他得躲起来，找一个好地方躲起来，不能让子弹飞到他身上来。

扁金拾起王寡妇家窗台上的一口破铁锅，他把破铁锅顶在头上，一直跑进了村长娄祥家，扁金选择村长家作为藏身之处最自然不过了，扁金想不出还有什么地方比村长家更安全了。

起初扁金钻在灶边的草堆里，扁金不知道那支军队会不会进村，也不知道刚才他们为什么瞄准他放了那一枪。上人家的房顶揭人家的瓦当然不好，可这碍着他们了吗？再说他们怎么会知道娄守义家偷吃了他三只鸭子？扁金侧耳倾听着村里的动静，村巷里一片死寂，他们好像还没有进村，从河滩那边却隐隐地传来了鸭群的叫声，扁金的心一下就提起来了，鸭子，我

三盏灯　71

的可怜的鸭子，他们一定有人闯进鸭棚了，他们会抓走我的鸭子吗？鸭群的叫声像刀子一样割着扁金的心，扁金的心很疼，眼泪就一滴一滴地流了出来。你们打你们的仗，我才不管，可你们怎么能打我的鸭子，你们要是打我那些鸭子我就饶不了你们，扁金一生气就从草堆里钻了出来，扁金刚从草堆里钻出来就听见了村巷里的那串杂沓的脚步声。

左邻右舍的门都被撞开了，村长家的木窗被什么东西哐地敲掉了半扇，窗口伸进来两根黑漆漆的枪管，枪管上还带着锃亮的刺刀。扁金目瞪口呆，他想钻回草堆里，但身体突然不能动弹，他想这回他要死了。子弹就要朝他脑门上飞过来了，但奇怪的是那两根枪管突然缩回去了，然后他听见了士兵们的一番莫名其妙的谈话。

别搜了，赶紧撤出雀庄。一个士兵的声音说。

那人不是十三旅的探子？另一个士兵说。

我说过那人不会是探子，大概是个傻子，雀庄这一带有很多傻子。第三个声音说。

外面士兵们的这番谈话后来一直让扁金纳闷，扁金猜不出十三旅的探子是什么意思，但不管怎么他要感激那第一个士兵。士兵们的子弹不长眼睛。扁金唯一痛恨的是那第三个声音，傻子，傻子，谁是傻子？难道我是傻子吗？扁金蹑足走到门后偷听，他听见士兵们朝村口去了，傻子？你才是傻子呢。扁金就冲着门外低声骂了一句。扁金惊魂甫定，十三旅的探子是什么意思？他怎么也捉摸不透，但扁金隐隐地觉得自己闯下了大祸，他相信那群士兵是在搜寻自己。他们要是搜到我会怎么样？扁金的眼前倏地浮现出县城城门口悬挂的一颗人头，他们会割下我的头示众吗？扁金这样想着脖子上觉得又痒又冷，伸手一摸，是几根干草粘在脖子上。扁金抱住自己的脑袋摇晃了几下，脑袋还长在脖子上，但是一种劫后余生的虚弱使他两腿发软，跌坐在墙边的棺材上。

那是村长娄祥为他母亲准备的寿材，是整个雀庄最好最大的一口棺材。就像娄福家的大瓦房名冠雀庄一样，村长家的这口棺材让所有的老人歆羡不已。假如你看见那被无数老人的手摸得油光锃亮的棺盖，你就会知道了，那是一口多么好的棺材。现在扁金的手就在棺盖上一遍遍地滑过，扁金突然发现了一个最安全最舒适的藏身之处，在开启棺盖以前他想起了村长娄祥的两只大手，他的两只手真是大如铁耙，它们要是拧住你的耳朵，你的耳朵就会疼上三天。村长娄祥是扁金最敬畏的人，但扁金现在顾不上许多了，他决定把自己藏在棺材里。

4

棺材里很暖和，扁金从来没有想到棺材里会这么暖和，更让他喜出望外的是棺材里竟然贮存了半棺稻米和红薯，当扁金合上棺盖时一股粮食与木材的清香包围了他，饥肠辘辘的扁金几乎产生了醉酒的感觉，为了防止自己闷死在棺材里，扁金很机智地用一块柴火架在棺盖下，这样扁金仍然能看见一条狭窄而笔直的光带，那其实是冬日午后的阳光，它从村长家的木窗里透过来，虽然很淡很薄，但扁金在棺材里因此格外地安心了。

扁金一口气吃了六块红薯，吃红薯的时候他想起了自己的鸭子，心里充满了愧意，我在这里吃得肚子发胀，那些鸭子却不知怎么样了。他想鸭子们现在要是活着，肯定是在等他去喂食，可他却不敢回去，鸭子怎么会知道他的危险呢？士兵，子弹，打仗，鸭子怎么会知道这些呢？它们有事没事只会嘎嘎地叫。扁金想着他的鸭子，眼皮却沉沉地耷拉下来，他用双手抓住自己的眼皮不让它们耷拉下来，他提醒自己现在不是睡觉的时候，但或许是肚子吃得太饱了，或许粮食和木材的清香催人入眠，扁金还是睡着了。

扁金在雀庄战役的前夕睡了一个好觉，他睡着的时候有一只老鼠从棺盖下的空缝里钻进来，异常大胆地舔掉了他嘴角上的几星红薯渣子，扁金一点也不知道。

扁金后来是被窗上的声音惊醒的，他听见有人在村长家外面推那扇北窗，起初扁金以为是那群士兵又回来抓他了，他听见自己的心跳得像大槌击鼓。他脑子里闪过他的鸭群，假如他难逃一死还不如回到河滩去，回去与他的鸭子死在一起。窗子吱吱地响着，那个推窗子的人似乎显得很胆怯，那个人不像是荷枪实弹的士兵，扁金想假如是士兵不会像小偷一样慢慢地推窗子的，小偷，肯定是个偷贼，扁金轻轻地掀开棺盖，然后他就看见了一张贴在窗格上的脸，准确地说是被绿头巾蒙去一半的脸，是一双惊惶而明亮的眼睛。

是捕鱼船上的那个女孩。扁金不知道她推村长家的窗子干什么，他张大了嘴看见那扇木窗的边榫终于裂开，女孩的绿头巾先钻进来，钻进来又缩回去了，一件什么东西扔进窗内，扁金认出来是一条大鱼，就是那条大黑鱼，接着是哐啷一声，那只铁皮油桶被女孩扔进来了，铁皮油桶恰巧落在棺材的旁边。

扁金不知道女孩为什么爬村长家的窗子，扁金想村长家没有人，村里没有人，他理应把那些偷贼撵出雀庄。于是他突然从棺材里站了起来，他知道从棺材里站起来很吓人，但他不管这些，女孩刚从窗口爬进来，女孩被扁金吓得跳了起来。

女孩倚在墙上，一只手抖索着去抓一根树棍，你是鬼吗？女孩乌黑的眼睛直直地盯住扁金。她尖叫道，你别过来，你过来我就打你。

扁金嘻地笑了，他张开嘴斜着眼睛扮了个鬼脸，他说，我就是一个鬼，你是个贼，你原来是个小女贼呀？

你不是鬼，你是那个傻子。女孩突然看清了扁金的面目。她松了一口气，扔掉了手里的树棍，女孩说，你不是在河滩上放鸭子的吗？你怎么跑到棺材里去了？吓死我啦！

扁金觉得女孩把他的问题抢去了，他有点生气，就瞪着眼睛说，那你呢，你不在船上待着跑村长家干什么？你想偷东西吧。

你才想偷东西呢，我想跟谁家换点灯油。女孩俯下身子拾起地上的那条鱼，她说，我才不偷呢，我要是在谁家找到灯油，就把这条鱼留在谁家，你知道这家的灯油放在哪儿吗？

我不知道灯油，外面在打仗，你还在找什么灯油？扁金说，找灯油干什么？

不告诉你，你要是帮我找到灯油就告诉你。

我才不帮你找灯油呢，你把我也当贼啦？

我不是贼，我是船上的小碗！女孩从灶上拿起一只缺了口的碗说，看见了吗，我就叫这个名字。

你叫一只碗？扁金嘻嘻地笑起来。

不叫一只碗，我叫小碗，我娘这么叫我的。

你骗我，人怎么能叫个大碗小碗呢？你把我当傻子，你把我当傻子我可不饶你。扁金逼近了女孩，朝她晃了晃拳头说，别骗我，你到底叫什么名字？

骗你我就是小狗。女孩一猫腰从扁金的肘下逃出来，女孩急得快哭出来了，急死我了，女孩叫起来，我没心思跟你说话，我要找到灯油，找不到灯油我娘要死的。

我知道灯油放在哪儿。扁金仍然追在女孩身后，说，我帮你找到灯油，不过你得告诉我找灯油干什么，你娘喝了灯油就不会死了？

不是喝，是点桅灯，点三盏桅灯。女孩冲着扁金大叫起来，告诉你了你也不懂，你活像个傻子，你不帮我找灯油，光知道问这问那的，你不是傻子是什么？

扁金愤怒地瞪着女孩，女孩的黑眼睛也毫不示弱地瞪着扁金，但女孩突然扭过脸呜呜地哭了，急死我了，女孩一边抽泣一边说，你帮我找找吧，你帮我找到灯油我给你熬鱼汤喝，我再也不骂你傻子了。

我不爱喝鱼汤，鸭子才爱那腥味呢。扁金气咻咻地说，不准你骂我是傻子，骂别人傻子的人自己才是傻子。

但扁金见不得别人的眼泪，别人一流泪他的鼻子就会发酸，胸口就堵得发慌。所以扁金后来就在村长家里找灯油。他记得村长家夜里的灯点得很亮，村长家肯定存着灯油。扁金后来壮着胆子钻到村长夫妇睡的大床底下，果然找到了一桶灯油。扁金记得女孩伸出食指在桶盖上蘸了蘸放进嘴里，是火油，这油点灯可亮啦！女孩高兴地叫起来，她把村长娄祥家的灯油灌到自己的铁皮油桶里，灌了一半她有点犹豫起来，她说，你说一条大黑鱼换多少油才公平，我不该再灌了吧？

扁金摇了摇头说，村长是个好人，反正他也不在家，你爱灌多少就灌多少吧。

女孩后来提着油桶匆匆离开了村长娄祥的家，女孩跑出去没多远，扁金也跟了出去，扁金顶着一口破铁锅站在村巷里，朝四处警惕地张望了一番。女孩回过头，看见扁金头上的破铁锅就扑哧笑了。

你跟着我干什么？女孩站住了。她说，我要回去挂灯，要挂三盏灯呢！

谁跟着你啦？我去看我的鸭子。扁金说，你刚才听见鸭子叫了吗？那帮鸭子肯定饿坏了，你们船上有小鱼烂虾吗，有螺蛳什么的也行。

有一篓泥鳅，可我得喂我家的鱼鹰呀。女孩歪着脑袋想了想，又说，你帮了我我也得帮你，我分一半泥鳅给你吧，你跟我来拿。

现在可不敢乱跑。扁金仍然朝四周张望着，他说，你不知道在打仗吗？子弹可是不长眼睛的，除非你跟我一样后脑勺也长着眼睛，才能躲过子弹。扁金突然又想起那几个士兵的谈话，你知道十三旅的探子吗？扁金问女孩道，探子是什么意思，我就是十三旅的探子吗？

女孩没有听见扁金说什么，女孩提着铁皮油桶飞奔如兔，不一会就消失在暮色里。扁金眺望着那个小小的背影远去，女孩的绿头巾最后消融在椒河的水光里。扁金闻到了女孩沿路挥洒的一股特殊的气味，是灯油、鱼腥和一种说不出的清香混合的气味，它在雪后清冽的空气中久久不散。扁金突然觉得和女孩待在一起比一个人好，一个人走在空空荡荡的雀庄，这种滋味让扁金感到莫名的心慌。

那是著名的雀庄战役打响前的一个黄昏，五里地以外的花村岗楼上有哨兵监视着战区范围内的动静。哨兵用望远镜发现了一个奇怪的人，那个人顶着一口铁锅在河滩地上东张西望，后来消失在一大群鸭子中间，当然哨兵也看见了更远的地方泊了一条打鱼船。

显而易见，那个人那条船都是令人生疑的。

5

扁金抱着一只鸭子坐在鸭棚里生气。你看看这只可怜的鸭子吧，它的脖颈被人扭成一个麻花，垂在翅膀下面，看上去就像一个无头的怪物，扁金一眼就在鸭群里看见了它，它跌跌撞撞地朝扁金扑来，扁金能听出那只鸭子不是在叫，它是在号哭，受到惊吓的鸭子就是这样向主人号哭的。扁金急忙解开了鸭子的脖颈，但它却无法挺直了，它像一截枯断的树枝往下垂，鸭喙软软地贴着扁金的手掌。扁金的心都碎了，他觉得自己的脖颈也被几只手扭过来扭过去，扭成了一个麻花，他觉得自己的脖颈也无法挺直了。

扁金垂着脑袋坐在鸭棚里生气，他恨死了那群士兵，他们仗着有枪有刀就随便欺负人，欺负了人还欺负鸭子。我没有惹他们，我的鸭子也没有惹他们，他们这么欺负人不就像一群野狗吗？野狗才会这样乱咬乱吠呢，野狗才追着鸭子不放呢。扁金想他是没法找到那个该死的士兵了，去问鸭子吧，鸭子又不会说话，鸭子说了话他也没办法，他们有枪，枪里有子弹，子弹朝你脑门上飞过来你就死了，你就什么办法也没了。

扁金什么办法也没有，正因为什么办法也没有，扁金才这么生气。鸭子们不知道主人正在生气，它们大概饿了，它们围住主人嘎嘎地叫成一片。扁金真是烦透了，扁金突然冲着鸭子怒吼起来，你们再敢叫——你们再敢叫——怎么，还在叫呀？要打仗了你们知道吗？

鸭子不听扁金的话，扁金一赌气冲出了鸭群，他要让它们后悔。扁金跑出去一段路，听见鸭子还在嘎嘎乱叫，扁金气得跺了脚，他说，你们也是野狗吗，野狗才这样乱叫呢，你们什么也不懂，我凭什么要陪着你们担惊受怕，你们叫吧，你们饿死我也不管了，我再也不管你们啦。

扁金想吓住他的鸭子。但他的怒吼声首先把自己吓住了，这么大的声音会不会引来那群士兵呢？扁金又害怕又愤怒，他就用手指捏住自己的双唇往椒河的河汊跑，鸭子不知道主人为什么往椒河的河汊跑，只有扁金自己知道，他记得打鱼船上的女孩的许诺，他要为不听话的鸭子弄回半篓泥鳅来。

椒河两岸沉浸在冬日暮色里，风把芦苇上的积雪吹下来，风把枯萎的芦花也吹下来了，所以你分不清满天飘飞的是积雪还是芦花，而河流尽头的落日若有若无，你看着它一点点地沉下去了，可你知道落日到底沉到哪儿去了呢？你知道养鸭人扁金现在不该沿着椒河奔跑，可谁会知道他为什么沿着椒河奔跑呢？

扁金看见了河汊里的打鱼船，看见了打鱼船，也就看见了船上的三盏灯，三盏灯挂在船桅上，一盏比一盏高，一盏比一盏亮。扁金惊喜地叫了一声，三盏灯！扁金记得女孩说过要在船上挂起三盏灯，但三盏灯真的挂在船上时他却把它们当成了奇迹。

女孩的脸从船舱里探出来，三盏灯的灯光一齐映在她的脸上，照亮了她的笑容，也照亮了她脸上的所有油污。女孩对扁金说，我就知道你会来，我把半篓泥鳅给你留下了，你看见那篓子了吗？我替你挂在水里了。

扁金提起了水里的鱼篓，扁金的眼睛却盯着那三盏灯看，他说，三盏灯就是比一盏灯亮，没有太阳那么亮，可比月亮亮多了。扁金转过脸仰望西天上的月亮，西天上涌动着暗红的云彩，月亮还没有钻出云彩。月亮还没出来呢，扁金说，还能看见呢，这么早点灯不费灯油吗？

娘让我点的，女孩说，你别来管我家的事，我家的事你们谁也不懂。

点就点了，为什么要点三盏灯呢，你娘不吝惜灯油吗？

娘让我点三盏灯，三盏灯是有意思的，可我不告诉你，告诉你你也不懂。女孩抿嘴一笑，竖起一根手指咬在嘴里说，让你猜，让你猜也猜不出来。

鱼，点三盏灯肯定是引鱼的。扁金想了想说，我懂你们打鱼的门道，蛾子喜欢扑灯，鱼也一样，哪儿有灯就往哪儿游。

我就知道你猜不出来。再猜，看你是不是傻子。女孩嗤地一笑，我娘也说你像个傻子。

你才是傻子！扁金的脸幡然变色，傻子才不吝惜灯油，傻子才一口气点三盏灯。扁金突然跳到船上，回过头对女孩说，你再骂我一声傻子，我就把三盏灯摘下来，我就把灯油倒回村长家的油桶里去。

女孩慌了，女孩几乎是扑上来抱住扁金的胳膊，你别生气，我再也不逗你玩了，女孩尖叫着，你别摘灯，摘下灯娘会死的！

扁金放下了手，扁金以一种得胜的姿态坐到船头上，他说，你又在逗我，三盏灯难道可以当灵丹妙药吃吗？阎王爷在他的小本本上勾掉你娘的名字，你娘就死了，死了就进棺材了，进了棺材就出不来了，三盏灯有什么用？就是九盏灯也没用！

你们谁也不懂我们家的事，女孩踮起脚尖重新挂好了顶端那些灯，女孩说，没有三盏灯，爹就找不到我们的船了，爹这次要是再找不到我们的船，娘就会死，这是命，你不懂的。

你爹在哪儿？在河里？难道你爹是一条鱼吗？

不是鱼，你这个傻子！女孩一生气就忘了刚才的誓约，她的乌黑的眼睛怒视着扁金，爹在十三旅当兵，他有许多枪，你要再撒泼我就让爹一枪打死你！

十三旅什么？扁金这次没有发作，他听见女孩嘴里蹦出了十三旅这个字眼，十三旅？你说什么十三旅？是十三旅的探子吧？扁金说，你别吓唬我，我可知道十三旅的探子是怎么回事，你爹不是什么兵，跟我一样，他肯定也是专门爬人家的房顶的，他哪来什么枪，整天爬在房顶上，说不定什么时候就挨了子弹。

你才爬人家的房顶，你才会挨子弹呢！女孩的脸已经涨得通红，女孩拿了根竹竿朝扁金晃了晃，扁金以为她要打人，就闪了闪身子，但女孩却拿着竹竿在水面拍打起来，扁金不知道她在干什么，直到两只黑鱼鹰倏地钻出水面，直到女孩把食指含在嘴里吹出一声响亮的呼哨，扁金才意识到来自打鱼船的危险，他知道打鱼船上的女孩这次是真的气急了。

咬他，咬这个傻子一口，咬他两口，咬他三口。女孩的声音中已经没有了稚气和羞怯，她的黑眼睛里有一滴晶莹的泪珠。正是这滴泪珠使扁金怦然心动，扁金逃下打鱼船后忍不住回头去看那滴泪珠，你怎么啦，我没欺负你，是你骂我傻子，你还让那两只鬼鱼鹰咬我，扁金一边逃一边叫，我没咒你怎么哭了呢？

扁金不知道女孩为什么这么愤怒，怪不得她会叫个小碗呢，她的脸也像七月的天气一样怪，说变就变。扁金想他并没有说错什么话，十三旅的探子就是趴在房顶上的，十三旅的探子就是会挨子弹的，否则那群士兵怎么会在雀庄挨门逐户地搜他呢？扁金跑了一段路，忽然想起他忘了拿半篓泥鳅，他不能空手回去，现在不敢下河捞螺蛳，鸭子再饿上一天也许就下不了蛋啦，为了鸭子，扁金就硬着头皮返回去了，他想他不怕那两只鱼鹰，鱼才怕它们呢，它们会咬人，人就不会咬鱼鹰吗？

你得把半篓泥鳅还给我，答应我的事不能反悔，扁金站在船下喊，你要是让鱼鹰咬我，那我也咬它们，看谁咬死谁！

船篷上的草帘子动了动，女孩的绿头巾闪了一下又缩回去了，女孩不理睬扁金，扁金就自己搜寻着鱼篓，扁金知道他找不到什么，他的目光忍不住地往上升，看船桅上的三盏灯，天快黑透了，扁金发现那三盏灯越来越亮了。

把半篓泥鳅还给我，你给了我就是我的泥鳅了，你不能把它藏起来。扁金抓住船舷,一下一下地摇晃着船,泥鳅换灯油,你不能反悔!

　　舱里传来了那个垂死的女人的声音,小碗,小碗,女孩仍然躲在舱里沉默着,扁金不知道她在想什么。你没听见你娘在叫你吗?叫你把泥鳅还给我,扁金敲着船舷,一边仰望着船桅上的三盏灯,他说,没有我你哪来的灯油?没有灯油你怎么点三盏灯?扁金已经想好了下面威胁性的措辞。但那只鱼篓突然从舱里飞出来,掉在扁金的脚下。扁金就拾起了鱼篓,我可没说要摘三盏灯,他抬头又看了看三盏灯,嘴里嘀咕,让它们挂着吧,浪费灯油是你们的事,不关我的事。

　　扁金记得突如其来的枪声是从河对岸的树林里传来的,他能感觉到密集的子弹穿越河面,挟起风声和烟雾。扁金下意识地去找他的破铁锅,破铁锅距离他有六七步远,但猛烈的枪声使扁金裹足不前,扁金抱着半篓泥鳅痛苦地蹲了下来。别蹲,快躺下来,你这个傻子,快躺下来呀!他听见女孩在船上大声叫喊着,扁金躺了下来,起初扁金是紧闭着眼睛的,他依稀听见一种清脆的玻璃爆裂的声音,他猜有几颗子弹击中了船桅上的三盏灯。不知过了多久,扁金觉得枪声骤然停歇下来,他歪过脑袋试探了一下,河对岸的树林真的没有动静了,于是扁金睁开了眼睛,扁金一眼就看见了船头上的三盏灯,三盏灯仍然在夜色中熠熠闪亮,但他发现最顶端的那盏灯现在不是挂在船桅上,那盏灯现在被女孩提在手里了。

　　女孩站在船头上,一只手提着一盏灯,另一只手里则拿着一块白布。女孩对扁金喊道,起来吧,现在没事啦,他们知道我们是老百姓,他们不会再打枪啦。

扁金坐在河滩上窥望着对岸的树林，扁金喘着粗气说，我知道了。子弹这回不是冲着我来的，是冲着那三盏灯来的，打仗怕灯你懂吗？我让你别点那么多灯，你偏不听。

灯罩子让他们打破了。女孩提起那盏灯仔细看了看，叹了口气说，我要早点出来挥白布就好了，可刚才白布找不到，要是早点找到，灯罩子也不会让他们打破了。

你又骗人啦，一块白布有什么用？就是十块白布也挡不住一颗子弹。

我一挥白布他们就认出我来了，他们认出是我家的船就不再打枪了，女孩说，我才不骗你呢，十三旅在哪儿打仗我们的船就往哪儿去，他们认识我了，他们知道我是老百姓，我在等我爹上船嘛。

扁金张大了嘴，他很想反驳女孩，一时却说不出话来。他相信是女孩平息了刚才这阵枪林弹雨，问题是扁金不能想象这件神奇的事情，一块白布，就是那块白布吗？扁金走过去想好好看看那块白布，他对女孩说，让我看看你手里那块白布，那块白布是什么白布？

就是一块白布呀。女孩抖开了手里的白布，她捏住白布的一角，将白布上下左右挥舞着，我来教你怎么挥白布，女孩说，开始的时候我也害怕，后来就不怕了，你一挥白布他们就知道你没有枪，你是老百姓，他们就不会朝你开枪了。来呀，我来教你，女孩抢过扁金的一只手，把白布塞在他手里，女孩说，挥吧，挥起来你就不怕了。

扁金的手被一只温热而粗糙的小手抓着，你别教我了，挥白布谁不会呀，扁金说，可我还是不敢相信，一块白布就能躲过子弹了?

那是著名的雀庄战役打响前的一个夜晚。养鸭人扁金突然得知了白布在战争中的用途,他抱着半篓泥鳅离开打鱼船时,名叫小碗的女孩仍然手提一盏灯站在船上,他记得女孩灯光下的微笑,女孩说,我知道爹就在对岸的树林里,他看见三盏灯啦,他就要上船啦!

6

被雀庄人抛下的几只公鸡站在草垛上观察黎明的天色,公鸡终于此起彼伏地啼起来了。椒河两岸的许多树林、坟地和农舍有大片的人影活动起来,据我们所知雀庄战役的得名就是缘于雀庄的几只公鸡,雀庄的公鸡在椒河一带总是最早啼叫的,公鸡一叫雀庄战役就打响了。

扁金听见一种巨大而沉重的响声震荡着河滩,所有的鸭子都乱跑乱叫起来,扁金手拿一块白布从鸭棚冲出来,他知道这次是真的打仗了。椒河的水不再向下游流了,黎明的天空破碎了,扁金觉得天空被他们打出了许多洞,流着黑红交杂的脓血,真的打仗你看不见飞来飞去的子弹,也听不见士兵们冲锋陷阵的声音,只是看见一片一片的硝烟,像大雾一样升起来,看见一群一群的麻雀惊惶地掠过河滩,它们昏头昏脑地迷失了方向。这是真的在打仗了,扁金没想到打仗会打出这么大的黑雾,也没想到打仗的枪炮声会响过马桥镇除夕夜的爆竹声。

雀庄战役的战场沿着椒河呈丁字形铺开,河汊那里是双方火力最密集的地方,远远地可以看见干芦苇燃烧起来了,一条火龙借助风势蜿蜒地朝雀庄这里游走。扁金看见那条火龙走得飞快,被火苗吞噬的干芦苇噼噼啪啪地发出爆裂的声响。扁金无法估计交战军队与他的距离,但他看见一颗流火落在鸭棚顶上,顶上的茅草转眼之间也烧起来了,扁金不知道子弹会不会打到他身上,他只是急着要把受惊的鸭群集合起来,让它们离开无遮无掩的河滩,他要把鸭群赶到村子里去。

扁金赶着鸭群往村子里去,他头上的破铁锅突然地一震,他知道那是一颗流弹打在破铁锅上了。扁金现在对枪弹没有以前怕了,他拼命地摇晃着手里的白布,我是老百姓,我没有枪!他朝每一棵树每一个草垛这么喊着,但他只遇见几棵树几个草垛,村里似乎没有什么危险。扁金目睹了战火横飞的场面,却还没有看见一个士兵。扁金猜想那些士兵的身形大概是让火光和黑雾湮没了。

走到娄家祠堂那里,扁金终于看见了人,看见人扁金就吓呆了,祠堂仅有的半扇门被那群士兵卸掉了,门口停着两辆大轱辘的板车,两个士兵从板车上搬下了什么东西。扁金很快就看清了,那不是什么东西,是一个人,只是那个人不像一个人了,他的脸也不像一张脸了,那个人血肉模糊,他的裤子被烧毁了大半截,露出一条断腿,它像被砍了一大半的树杈挂在那儿晃晃悠悠的。

扁金吓呆了,原来他想把鸭子赶到祠堂里去的,现在祠堂也不能去啦。扁金进退两难,看见路边有个草垛就闪进去了,但是他闪躲的动作明显迟笨了点,而鸭子们不知闪躲,反而叫得更响,你就是长了三头六臂也没法把它们藏起来,于是扁金听见有人从祠堂里冲出来,有人高叫着,草垛后面有人!

扁金知道他藏不住，他想起女孩小碗在捕鱼船上挥动白布的情景，横下一条心走了出来，当然他没有忘记女孩教他的挥动白布的动作，他向祠堂门口的士兵们挥动着白布，我是老百姓，我没有枪，扁金说，我不是十三旅的探子呀。

士兵拉开了枪栓，他们几乎同时喊道，口令，口令！

口令！口令在哪儿？扁金朝身后望了望，但头上的铁锅遮挡了他的视线。我没带口令，扁金说，就这些鸭子，我是养鸭子的老百姓呀。

把你头上的铁锅拿下来！士兵喊道。

扁金拿下了铁锅，他看见五六支黑漆漆的枪管对着他，有一个士兵冲上来把他的双手反剪了，在他身上从头到脚摸了一遍。你摸好了，扁金驯服地站在那里不动，他说，那你们就在祠堂待着吧，我把鸭子赶到别处去。

那个士兵最后用枪在扁金肋下拍了一下，你是傻子呀？这种时候到处乱跑，你想找死？他看见扁金站在原地发愣，又朝扁金屁股上踢了一脚，傻子，你还不从这里滚开？

扁金知道他应该离开这里，一时却不知该把鸭子往哪里赶，他在记忆中搜寻着雀庄最安全最可靠的地方，想到的仍然是村长娄祥的家。于是在雀庄战役如火如荼之际，扁金赶着鸭进了村长家的院子。

扁金没有让鸭子进屋，他知道村长的女人是特别爱干净的。扁金走进屋里就闻到了粮食和木材的清香，那口棺材的棺盖仍然打开着，几粒谷糠在棺盖上闪着小小的金黄色的光，扁金的一颗惊兔般的心现在安静了，不知为什么进了村长的家他就不觉得害怕，他走到屋子一角对准尿桶，不慌不忙地撒了一泡尿，然后就跳进了那口棺材。

你不能不信那口棺材在战争中奇妙的作用，棺材里真的很暖和，你知道一个饥寒交迫的人假如觉得暖和了，那他的瞌睡很快也来啦。扁金起初还竖着耳朵倾听村外的枪声，隔着厚厚的棺板，那枪声听来像锅里的爆豆，而且越来越远了，越来越淡了。那时候椒河南岸绵延数里的开阔地上血光冲天，雀庄战役进入了激烈的白刃肉搏阶段，而瞌睡的扁金在棺材里错过了这幕百年难遇的战争场景。他依稀看见村长家的木窗被推开了，一个扎绿头巾的女孩把铁皮油桶放在窗台上。你又来了，扁金嘀咕道，三盏灯，你还要点三盏灯呀？扁金听见自己在说话，但同时也听见了自己香甜的鼾声。

扁金其实看不见打鱼船上的女孩，其实钻进木窗的是一只鸭子，只是一只鸭子而已。

7

平原上的战争是一朵巨大的血色花，你不妨把腊月十五的雀庄一役想象成其中的花蕊，硝烟散尽马革裹尸以后战争双方吸吮了足够的血汁，那朵花就更加红了，见过它的人对于战争从此有了一种热烈而腥甜的回忆。

午后的椒河一片死寂，河面上漂浮的几具死尸像鱼一样顺流而下，像鱼一样的死尸意味着枪炮声暂时结束，这种常识连养鸭人扁金也明白。扁金刚刚走出村子就扔掉了头上的破铁锅，后来又扔掉了手里的白布。扁金之所以确信打仗已经结束，还因为麻雀又栖在树枝上叽叽喳喳了，天空中的黑雾已经消散，冬日的阳光又照到了屋顶的积雪上，更重要的是祠堂里的那群士兵不见了，祠堂门口的烂泥地上留下几道深深的车辙印，一直延伸到远处的官道上。扁金走过祠堂忍不住把头探进去，墙上地上到处都是血污，他看见一个红白斑驳的东西浸在血污中，很像人的半条腿，扁金好奇地走近它，一下子就跳了起来，那真的是人的半条腿，扁金大叫起来，腿，一条腿。他的惊叫并非出于恐惧，而是一种错愕，扁金不知道祠堂在雀庄战役里曾经做了临时医院，他不知道一个人的腿为什么被锯断了扔在地上。

战争的垃圾与战争一样使扁金充满了疑惑。扁金先是沿着路上的几道车辙印走，沿途捡到了许多新奇的东西，一个子弹夹和几枚弹壳，一只黄帆布胶底的鞋子，半盒老刀牌香烟，还有两只散了架的木条箱。扁金试着把那只鞋穿在脚上，大小尺寸很合适，但他觉得脚底黏黏的，脱下鞋一看，原来鞋子里面汪了一摊血，血还没凝干呢。扁金就把鞋放在木条箱里，他想等血干了穿就不黏脚了，长这么大他还没穿过胶底鞋呢。扁金拖着木条箱走了一段路就止步了，空旷的大路和野地使他感到某种危险，他想该去河滩看看，仗打完了，谁知道河滩那里现在是什么样子呢？

被烧过的芦苇秆子散发着焦糊的气味，除了芦苇，还有另一种奇怪的气味随风而来，扁金分辨不出那是腥味还是甜味，扁金朝着那股气味走，实际上也是朝着河汊那里走，渐渐地他的目光不再留意椒河上那些顺流而下的死尸，死尸开始零乱地出现在野地里，地上残存的积雪被他们染成了深红或者淡红色。扁金不怕死人，他在一具死尸边捡到了一支冲锋枪，钢质的枪管和上了亮漆的枪把显示了它奢华的气派，扁金举起枪比画着，不知怎么就扣动了扳机，一束子弹喷着火苗朝天空射去，扁金吓得扔下了枪，他望了望四周，四周仍然一片死寂，幸亏没有人听见，扁金长长地嘘了一口气，他对自己说，就剩下我一个了，他们都死光啦！

扁金走到红薯地边才看见了雀庄战役最庞大的尸山。那是一次罕见的白刃战后留下的尸山，扁金惊呆了，他甚至从来没有看见过这么多聚在一起的活人。那么多死人像一捆一捆的柴火堆在红薯地里，红薯叶子和沙土都是暗红色的了。扁金透不过气，现在他明白那种又腥又甜的气味就是来自这片红薯地。那么多人，他们穿着黄色或灰色的棉衣棉裤，还有棉帽和棉鞋，他们有枪有刀，他们不知道是从哪儿冒出来的，刚冒出来就死了，有人用枪口对着扁金，有人手里还抓着刺刀，但扁金知道死人是不会开枪的，现在他不用害怕子弹会飞到脑门上来啦。

扁金站在那里思考了几分钟，后来他就开始捡尸堆里散落的棉帽，那种棉帽是有护耳的，冬天戴着它耳朵上就不会生冻疮了。扁金一口气捡了二十几顶棉帽，收拢在一只木条箱里。他的手上很快就沾满了血，黏黏的很难受，他跑到水边去洗手，沟里的水却也是血水，扁金只有草草涮了涮双手。他拖着一箱棉帽在尸山里穿梭，他想赶快回到村里去。但是死人脚上的那些胶底棉鞋，攫住了他的目光，那些鞋也是好鞋呀，就是娄福的新棉鞋也没它暖脚没它结实。扁金舍不得走，他开始为死人脱鞋，一口气就脱下了六双鞋。脱到第七双鞋时扁金被那死者吓了一跳，他竟然在扁金的肚子上踹了一脚，扁金跳起来，他发现那个满脸血污的士兵还只是个少年，他的年纪也许还没自己大呢。扁金看见少年的眼睛愤怒地瞪着他，少年的脑袋却无力地歪到一边。扁金相信他已经死了，他大概是刚刚咽气的。你死了嘛，扁金对着少年嘟囔了一句，你要是没死我就不会扒你的鞋。

但是扁金不忍心再扒第七双鞋了，少年愤怒的眼睛使他心神不宁。扁金把木箱里的棉帽和鞋子码好了，拖着木箱在尸堆里穿梭，他想回村子去，他想这些帽子这些鞋子够他穿戴一辈子了，以后他再也不怕冬天的北风和冰雪了。扁金走出了红薯地，这时候他突然想起了那条打鱼船，那个名叫小碗的女孩，还有女孩垂死的母亲，她们的船原先就停在附近的河滩上，应该能看见那条船的。扁金极目四望，在一片枯焦的芦苇后面，他看见了三个小小的金黄色的光点。三盏灯，扁金认出那是船上的三盏灯，是冬日斜阳下的三盏灯，那三盏灯不如昨天夜里那么明亮，但三盏灯亮着船就在那里，三盏灯亮着女孩小碗就会在灯下守候着。

后来扁金就拖着木箱朝三盏灯跑去。

扁金是在半途上遇见那个伤兵的。伤兵在泥泞的河滩地上爬行，拖着一条长长的弯弯曲曲的血线，那是扁金在雀庄战役结束后看见的唯一一个活人。扁金起初有些惊慌，但他注意到那个人身上没有枪，他的两条腿肯定被打断了，否则他为什么要在地上爬呢？否则一个人怎么比蜗牛爬得还慢呢？

扁金屏住呼吸悄悄地跟在那个伤兵的后面，他的脚时不时地踩住了泥地上的血线，他猜不出那些血滴是从伤兵的胸前还是腿上淌出来的。扁金觉得那个伤兵发现了自己，伤兵的头往旁边侧转，他似乎想回头看一眼身后的人，但很明显他无力回过头来。现在扁金意识到那个人对自己丧失了任何威胁，他三步两步地就跑到了伤兵的身旁。

你要爬到哪儿去？扁金轻轻地朝伤兵肩上捅了一下，他说，你爬得比蜗牛还慢，要爬到哪儿去？

伤兵艰难地侧过了脸，他的喘息声显得急促而粗重。去那儿。伤兵说话的声音模糊不清，但扁金还是听清了。三盏灯，伤兵抬起一只手指着芦苇丛后面说，三盏灯。

你看见三盏灯了？扁金说，你要去那条打鱼船上？去干什么？你是个兵呀。

三盏灯。伤兵说。

我知道那儿有三盏灯，我又不是瞎子。扁金说，可你不该往那儿爬，那是小碗的家，又不是你的家。

我要回家。伤兵说。

你是小碗的爹吗？扁金蹲下身子捧住伤兵的脸，仔细地审视着，你不是小碗的爹，扁金说，你是个老头了，你这么丑，小碗那么水灵，你不像小碗的爹。

小碗……碗儿……小……碗儿。伤兵说。

伤兵其实已经虚弱得说不出话来了，他在泥地里爬着，爬得越来越慢，现在扁金看清了那条血线的渊源，这是从伤兵的腹部、肩部和腿部分别滴淌下来的。扁金看见了伤兵的眼睛，深深塌陷的布满血丝的眼睛，他觉得这个人很奇怪，人快死了，但眼睛里的光却闪闪发亮。

你要真是小碗的爹，我就把你背到船上去，扁金说，可你怎么证明你是小碗的爹呢？

三、盏、灯。伤兵说。

伤兵吐出这三个字后便不再说话了。扁金猜他是没有力气说话了。扁金想这个人是不是小碗的爹很快会水落石出的。他们离三盏灯已经很近了，他们离那条打鱼船只有几步之遥了。

扁金高声地喊着小碗的名字，他没有听见女孩的回应。女孩不在船头上，似乎也不在舱里，扁金看见了那条被战火熏黑的打鱼船，油毡制成的船篷已经毁于一旦，只剩下几根木架歪斜地竖在那里，奇怪的是船头的桅杆，桅杆和桅杆上的三盏灯在一夜炮火中竟然完好如初，那三盏灯现在淡如萤光，但它们确确实实地亮着，它们让扁金想起灯油和有关女孩小碗的所有事情。

小碗，去捡棉帽呀，红薯地里有好多棉帽。

打鱼船上寂然无声，女孩不知道跑到哪儿去了。

小碗，去红薯地里捡东西吧，去晚了就让别人捡走啦。

扁金的喊声突然沉了下去，他看见打鱼船的船舷上露出一只黑黑的小手，一块白布从那只小手的指缝间垂下来，白布的下端浸在了水中。扁金认出那是女孩的手，女孩没有离开她家的船，女孩躲在残破的舱里。

小碗，别害怕，仗打完了，你出来吧。

扁金疾步跳到了船上，他先是看见了船头上的那只铁皮油桶，油桶打翻了，灯油淌了一地，你怎么把油桶打翻了？没有灯油你还点什么灯啊？扁金扶起了油桶，然后他看见了船舱，船篷毁于炮火，打鱼船便再也没有遮蔽了。扁金看见了那母女俩，母亲紧紧地搂抱着女孩，但女孩一只手挣脱了母亲的怀抱，那一只手顽强地伸出了船舷，挥动一块雪白的布，当然那只小手现在已经安静了,手里的白布也已经垂入了水中。扁金不再对女孩说话,一天来见了无数个死者,他已经能准确地区分活人和死者,他知道名叫小碗的女孩和她母亲已经死去。

两只黑鱼鹰却活着,一只站在船尾,一只蹲在船头,它们像两个哨兵守护着打鱼船。

她不是有白布吗?她不是挥白布了吗?扁金对鱼鹰说,挥了白布怎么还会死?

扁金知道他不该问鱼鹰,鱼鹰跟他的鸭子一样,主人对它再好也不会对你说话。扁金突然觉得眼角那里冰凉冰凉的,是一滴泪,他流泪了,流泪是心里难受的缘故。扁金心里有说不出的难受。扁金想昨天她还是个活蹦乱跳的小女孩呢,他不希望子弹打到她身上,现在他情愿用一百只鸭子换回她的性命。扁金抓起女孩的手,他用了很大的力气才把她手里的白布拽出来。扁金迁怒于那块白布,他把它狠狠地揉成一团,扔进了河里,没有用的,白布有什么用?扁金突然哽咽起来,他说,你还小,你不懂事,子弹从来是不长眼睛的。

那个伤兵爬过来了,伤兵的身子在剧烈地颤抖,而他的右臂艰难地向前抓攀着什么,扁金看出来他是想抓住船舷上的那只小手,那是女孩小碗的手,扁金不想让他抓那只小手,他用自己的大手盖住了那只小手,你别抓她,她已经死了,扁金哽咽着说,她们都已经死了。

扁金忘不了那个伤兵的眼睛,他眼睛里的亮光倏地黯淡下去,他眼睛里原来也有一盏灯,但扁金觉得从自己嘴里吹出了大风,大风倏地吹熄了那盏灯,也吹断了伤兵那条颤抖的右臂,他看见那手臂沉重地落下去,落在水里,溅起了几星水花,他看见伤兵脸上掠过一道绝望的白光,那张布满血污的脸也沉重地落下去,埋在椒河的河水里。

扁金狂叫起来,直到此时他仍然不能确信伤兵与打鱼船的关系,但扁金意识到自己的手盖住的不是小碗的手,是那个人游丝般最后的呼吸。扁金有了一种杀人后的恐惧的感觉,扁金跳下了船,他把士兵从水里搬起来,你不是说你是小碗的爹吗?你不是说要回家吗?扁金摇晃着那具沉重的滑腻的身体,他说,你怎么死了?你是傻子呀?死了怎么能回家?扁金失声恸哭起来,他把死去的士兵拖到了船上。你说你是小碗的爹,就算你是小碗的爹好了,扁金说,你想回家就回家好了,可你为什么会死,好像是我害死了你们,我没有枪,我是老百姓,我是养鸭子的扁金呀。

扁金哭泣着把死去的士兵推进了舱里,他看见三个死者恰巧躺在了一起,三个死者的脸上有一种相仿的悲伤肃穆的表情,一个男人,一个女人,还有一个名叫小碗的女孩,他们看上去真的像一家人。扁金的心现在变得空空荡荡,他注意到船桅上的三盏灯相继熄灭了,暮色从椒河上缓缓地升起来,而那三盏灯却终于熄灭了。椒河两岸一片苍茫,假如你极目西眺,你能看见落日悬浮在河的尽头,天边还残留着一抹金色的云影,但扁金看见三盏灯熄灭了,扁金的心碎了,他的稚笨的灵魂和疲惫的身体已经沉在黑暗中。

扁金后来做了一件令人不可思议的事情。你想象不出他是怎么把一条打鱼船从岸边推向河心的,后来扁金打着寒战走进冰冷的河水里,他用尽了全身力气把船推向了河心。离开这儿吧,这儿不是一个好地方。扁金对着船头的鱼鹰说。船头的鱼鹰沉默不语，扁金又对着船尾的鱼鹰说，带着他们离开这儿，到不打仗的好地方去吧。

打鱼船在暮色中顺流而下，两只鱼鹰不知道它们的船会漂向何处，去哪个好地方呢？其实扁金也不知道。

那是雀庄战役结束后的第一个黄昏，打扫战场的士兵和车辆姗姗来迟，他们途经雀庄的时候看见一个形迹可疑的人，那个人拖着一只木条箱在河滩地上走，对所有的警告置若罔闻，士兵们看不清木条箱里装了什么东西，有人想过去盘问他，但好几个士兵都认出了扁金，他们说，别去管他，那人是雀庄的傻子。

8

战争的火球在雀庄留下了许多焦状物和黑色擦痕。连续几天出了太阳，满地的积雪化成了泥泞，满地的泥泞被阳光烤干了，土地便露出了土地的颜色，晒场是黄里泛红的，村巷是灰中透黄的，河滩是黑色的，但是村外那片广袤的红薯地里的黑土却变成了红色。

曾经被枪炮声吓昏了的家禽牲畜现在醒过神来，它们饿坏了，成群结队地跑到晒场上来寻觅食物。晒场上除了散落的子弹壳，没有任何柔软可食的东西，饥饿的猪羊鸡鸭们开始追逐扁金，向他发出各种乞食的叫声。它们似乎也没有错，偌大的村庄里只有扁金一个人，它们不向他要吃的又向谁要呢？

可是扁金顾不上别人家的畜生，他自己的一大群鸭子还半饥半饱的，从河里捞来的螺蛳小鱼只够喂他自己的鸭子，所以扁金一路走着一路驱赶着那些讨厌的畜生。扁金很忙碌,他要趁着好天气洗洗木条箱里的一堆东西,十几顶棉帽,好多只棉鞋,那些棉鞋棉帽都沾着血迹,不洗干净怎么能戴在头上,怎么能穿到脚上呢?但是要把它们全部洗干净真不容易,扁金蹲在河边拼命地洗,腰都蹲酸了。

　　扁金把洗好的东西整齐地晾在河滩地上,那些棉鞋,那些棉帽,它们在阳光下仍然散发出一股暖暖的甜腥味,那是钻进了棉花深处的人血的气味,扁金逐个地把那些棉鞋棉帽嗅了一遍,他想这股怪味还真不容易洗掉。但那又有什么呢?你要知道它们比娄福的棉鞋好上一百倍,比娄守义的狗皮帽好上一百倍。扁金爬上草垛守护着他的东西,冬天的椒河水就在他视线里流淌。扁金从来没有见过这么肮脏的漂满垃圾的河水,几天来大堆死去的牲畜、烧焦的木头和腐烂的衣物浩浩荡荡穿过椒河,战死的士兵们早就被一车车地拖走,但河面上仍然有死尸顺流而下。扁金看见了他不想看见的东西,他想看见的东西一时却想不出来。后来他看见一块白布条在水边漂浮着,扁金就想起来了,他想看见的就是这块白布条,不,是手摇白布的女孩小碗,以及女孩家的那条船和船上的三盏灯。

　　三盏灯已经熄灭,那条打鱼船不知漂到哪里去了,椒河水很长,流经三城七县二百多里地,谁知道那条船漂到哪儿去了呢?有关女孩小碗的记忆总是伴随着震耳欲聋的枪炮声,想起女孩小碗扁金就感到难过,有一些看不见的子弹在他体内疯狂地爆响了,扁金的手便狂躁地在身上摸索着,他想把那些可恨的子弹拔出来,但扁金所做的一切都是徒劳的,他的全身甚至骨头都被那些子弹炸疼了。扁金痛苦地蜷缩起身子,他无法理解他体内的那些砰然作响的子弹，他安然地躲过了雀庄战役的枪林弹雨，可这么多的子弹是怎么钻进他身体的呢？

雀庄战役的幸存者扁金突然沉浸在一种意想不到的痛苦中。几天来扁金的脖子、胳膊和胸前新添了许多淤血和疤痂，那都是他自己弄伤的，扁金怎么弄都不能消除他体内的那些子弹。后来他发现了唯一能够减轻痛苦的方法，他闭上眼睛堵住耳朵去想，想女孩头上的绿头巾，想那条打鱼船上的三盏灯，想起这些他的身体就变得松软了，体内的那些子弹也渐渐地沉寂了。

你知道扁金的生活必将改变，现在他生活中不仅仅有那些鸭子了，鸭子对扁金的影响终于无法与女孩小碗匹敌。有一天扁金发现他晾在河滩上的棉帽棉鞋落满了鸭屎，扁金就追赶着鸭子大发雷霆，你们就会拉屎，你们就会嘎嘎乱叫，扁金在河滩挥舞着拳头吼道，你们怎么没让子弹打死？你们一百只鸭子也顶不上小碗一个人！

腊月二十八那天，村外的官道上开始出现疏散归来的车马人群。人们急于归来是因为春节临近，虽然平原上的战争未见偃旗息鼓的迹象，有万人的军队从西南向东北方狂流般地挺进，战车马蹄腾起的黄尘狼烟在十里以外仍然清晰可辨。但是你想想吧，雀庄有多少人会愿意在异乡他壤燃放除夕的爆竹呢？所以村长娄祥带着七八户思家心切的村民先回来了。

离了很远扁金就看见了那几辆马车，他欢呼了一声，他扔下手里的一只棉鞋朝乡亲们跑去，但跑了几步就站住了，扁金看见村长的身影就想起自己做错的事，他想起自己曾睡过村长母亲的大棺材，村长是个出名的孝子，为了这件事他肯定能拧下自己的耳朵,而他的鸭子也惹了祸,鸭子们把村长家洁净整齐的院子弄得满地污秽,村长的女人最不能容忍牲畜在她家拉屎,村长又怕他女人,为这件事村长也绝不会轻饶了他。扁金撒腿就往村里跑,他要赶在村长回家之前把他留下的痕迹抹掉。

  扁金冲进村长娄祥家,他做的第一件事情全部围绕着那口棺材展开,他想在棺材里放回十几个红薯,但这么着急上哪儿去找红薯呢?扁金一时没有主意,就匆匆地到灶旁抓了几块木桦子扔进棺材里,木桦子与红薯看上去很不一样,扁金情急之中就拖过一捆干草盖在上面,他知道他无法让棺材里的东西恢复原状了,他没有办法,没有办法就只好拉上了棺盖。扁金要做的第二件事就是如何把村长的灯油桶灌满,这似乎容易一些,他很快地解开裤带对着灯油桶撒了一泡尿,然后把桶放回到村长的大床底下。剩下的那些鸭屎其实是最好办的,扁金抓过一把破笤帚扫地,他用的力气太大了,那些干结的鸭屎甚至飞过院墙,落到了外面的村巷里。

  扁金跑出村长家时稍稍松了一口气,他爬到一棵树上观望着远处的乡亲,那几辆马车刚到村口,扁金坐在树上,他想不如就在树上迎接乡亲们。直到此时他才发现自己是坐在娄守义家的老桑树上,他眼前的大瓦房就是娄守义家的大瓦房。扁金的心倏地往树下坠去,他的身子也一起坠到了树下,现在他意识到那大瓦房顶上的窟窿才是他惹下的大祸。他想爬到那房顶上去,但他知道自己连茅草屋顶都不会苫补,怎么会苫补大瓦房的房顶呢。扁金急得大汗淋漓,他想起娄守义有五个力大如牛的儿子,还有三个凶神恶煞的女儿,他们肯定饶不了他,他

三盏灯　99

们每人踢他一脚就能要了他的命。扁金蹲在老桑树下茫然失措，一种巨大的恐惧压得他直不起腰来，后来扁金就捂着脸蹲在那里，他听见体内的那些子弹又乒乒乓乓地爆响了，他的全身上下甚至骨头都开始疼了。

村长娄祥发现扁金的时候欣喜若狂，娄祥跳下牛车，张开双臂扑过来，像鹰捕小鸡一样抓住了扁金。

娄祥说，你个傻子，你还活着嘛，都说子弹不长眼睛，谁说子弹不长眼睛，它就是不打傻子嘛。

扁金说，我不是傻子。

娄祥说，谁说你傻子？傻子能从枪炮下活过来？谁说你傻子他自己就是傻子。

扁金说，子弹打到我了，就是拔不出来，我身上到处都疼，疼死我了。

娄祥伸过手在扁金身上捏了几下，哪儿挨子弹了？你这身皮比牛皮还结实呢，娄祥抓着扁金的耳朵说，你个傻子，又跟我胡说八道了。

别拧我耳朵。扁金满脸惊惶地瞟了眼村长的大手，我没去你家。扁金突然叫起来，我的鸭子也没去你家拉屎。

你去我家干什么？你的鸭子跑我家拉屎？怕我拧不下你的耳朵？

别拧我耳朵。扁金仍然叫喊着，他的脑袋始终躲避着娄祥的大手，他说，我没拿过你家的灯油，小碗也没拿，你家的灯油桶还在床底下放着呢。

娄祥突然不说话了，他的光头凑到扁金面前，他的犀利的目光刺得扁金双颊通红。好你个傻子，娄祥冷笑道，我就猜到你干了坏事,给我说实话,你到底干了什么坏事?

扁金垂下头,他用两只手紧紧地护住了两只耳朵。他说,我没睡过你家的棺材,棺材是给死人睡的,我没睡过。棺材里的红薯有油漆味,我也没吃过棺材里的红薯。

娄祥的嘴里吐出了脏话,他的大手终于掰开扁金的十指,他的两只大手同时揪住了扁金的两只耳朵,同时狠狠地拧了几下,然后娄祥就急如火星地奔回家了。

扁金捂着耳朵站了起来,他觉得耳朵快掉下来了,但他还是忍着疼痛朝村长的背影喊了一声,村长,我告诉你,娄守义家的房顶让子弹打了个窟窿!

许多村里人朝扁金围过来,他们七嘴八舌地向扁金打听雀庄战役的各种细节,扁金一句也听不进去,扁金粗鲁地推开人群往外走,你们像老鼠一样逃走了,你们的房子却没起火,我在这儿守着我的鸭子,可我的鸭棚让他们毁啦。扁金说,你们知道吗,我在祠堂里睡了好几天啦。有个孩子拉住扁金的衣角问,扁金,你怎么没让子弹打着呢?扁金甩掉了孩子的手,他突然哽咽了一下,想哭又忍住了,扁金哽咽着说,你们知道什么?子弹都藏在我的肉里,我都快疼死了!

在雀庄人看来扁金说话从来都是语无伦次傻里傻气的,他对雀庄战役的描述虽然莫名其妙,但还是引起了一阵嬉笑声。他们疑惑不解的是扁金最后的呐喊,你们不是好人,扁金扯着嗓子在村口呐喊,你们一百个人也顶不上小碗一个人!

他们当时不知道那是扁金在雀庄留下的第一次呐喊,也是最后一次呐喊。

9

养鸭人扁金在腊月二十八的夜里离开了雀庄,也许是腊月二十九的凌晨,这已经无关紧要,村长娄祥那天气冲冲地走遍雀庄附近的每一个角落,却没有看见扁金和他的鸭子的影子。王寡妇的儿子在椒河边捉螃蟹,他告诉娄祥扁金赶着鸭子顺河滩走了,他说扁金一边走一边还在哭呢。

村长娄祥以为扁金在天黑以前会回家,但扁金再也没回家。说起来扁金在雀庄也没有什么家,他带走那群鸭子就把家也带走了。后来是娄福娄守义他们回家了。他们不会不回来,雀庄人谁也不愿意在外面过年嘛。扁金离村那天,娄祥在他家的柴堆上发现了一只棉帽和一双棉鞋,他是个闯过码头见过世面的人,一眼就认出那是军用品,而且他很快猜到它们是从死人身上扒下来的。娄祥咒骂着扔掉了棉帽和棉鞋,刚扔掉又捡了回来,他是个识货的人,这么暖和实用的棉帽,这么结实耐穿的胶底棉鞋,娄祥实在舍不得扔掉它们,他知道那是扁金赎罪的一份礼物。

收到棉帽和棉鞋的还有娄守义一家。娄守义起初喜出望外,但后来弄清了那些棉鞋棉帽和房顶上大窟窿的联系,娄守义的脸便气白了,几只烂鞋烂帽来换我家的房顶?娄守义咬牙切齿地骂道,这个傻子,这个傻子怎么会没挨子弹?他就是被子弹打成个蜂窝,也解不了我心头的恨!

不管是村长娄祥还是娄守义,他们都舍不得扔掉扁金的礼物。大年初一的早晨,娄守义去娄祥家拜年,看见娄祥头上戴着和自己一样的棉帽,脚上穿着和自己一样的棉鞋,他们两个盯着对方愣了一会儿，突然一齐会意地笑起来。

娄守义说，这帽子很好，有两个护耳，冬天不冻耳朵。

村长娄祥说，棉鞋也很好，又结实又暖和，我还没穿过这么好的棉鞋呢。

过年那几天村长娄祥常常想起扁金，他不知道扁金为什么像个老鼠一样逃离雀庄。过年了，别人都回家了，他却像个老鼠一样地逃啦。娄祥想起扁金以前也做过不少让人痛恨的事，有一次他差点把人家的猪拖进椒河呢，以前他从来不害怕，从来没跑过，这次为什么怕成这样？娄祥后来很自然地联想到雀庄战役的枪林弹雨，他猜扁金大概是让子弹和炮火吓破了胆。

直到这年秋天，雀庄的乡亲们没有谁再见过养鸭人扁金。秋天的时候娄福跟着一条稻米船去椒河下游贩米，船过桃县地界的时候，娄福看见了养鸭人扁金，扁金赶着一群鸭子在椒河岸边走。娄福说他认出了扁金，扁金却不认识他了。娄福问他去哪儿，扁金说他不去哪儿，他要找一条打鱼船。娄福问他要找什么样的打鱼船，扁金说是一条有三盏灯的打鱼船。娄福说从来没见过有三盏灯的打鱼船，他问扁金找那条船干什么，扁金就不说话了，扁金像个哑巴一样赶着鸭子走，后来扁金就埋下头，像个哑巴一样赶着鸭子在椒河边走。

什么打鱼船？什么三盏灯？娄福回村后说起这件事就咯咯地笑，他对乡亲们说，我早就说过扁金是傻子，你们偏不信，现在你们该相信了吧？

现在我们该相信了，扁金和他的鸭群仍然在椒河边走，他们大概会一直走到椒河下游,走到椒河水与其他河流交汇的丘陵地区。这其实是一条异常险恶的行走路线,我们知道平原上的战争是一只巨大的火球,它可以朝四面八方滚动,秋天的时候,战争的火球恰恰正在向丘陵地区滚来。

我为什么写《妻妾成群》

苏 童

一九八九年春天的一个夜晚,我在独居的阁楼上开始了《妻妾成群》的写作,这个故事盘桓于我想象中已经很久。

"四太太颂莲被抬进陈家花园的时候是十九岁……"当我最后确定用这个长句做小说开头时,我的这篇小说的叙事风格和故事类型也几乎确定下来了。对于我来说,这样普通的白描式的语言竟然成为一次挑战,真的是挑战,因为我以前从来未想过小说的开头会是这种古老平板的语言。

激起我创作欲望的本身就是一个中国人都知道的古老的故事。妻、妾、成、群,这个篇名来源于一个朋友诗作的某一句,它恰如其分地概括了我头脑中那个模糊而跳跃的故事,因此我一改从前为篇名反复斟酌的习惯,直接把它写在了第一页稿纸上。

或许这是一张吉祥的符咒，正如我的愿望一样，小说的进程异常顺利。

新嫁为妾的小女子颂莲进了陈家以后怎么办？一篇小说假如可以提出这种问题也就意味着某种通俗的小说通道可以自由穿梭。我自由穿梭，并且生平第一次发现了白描式的古典小说风格的种种妙不可言之处。

自然了，松弛了，那么大大咧咧搔首弄姿一步三叹左顾右盼的写作方法。

《妻妾成群》这样的故事必须这么写。

春天以后窗外的世界开始动荡，我的小说写了一大半后锁在了抽屉里，后来夏天过去秋天来了，我看见窗外的树木开始落叶，便想起我有一篇小说应该把它写完。

于是颂莲再次出现在秋天的花园里。

我想写的东西也更加清晰起来。我不想讲一个人人皆知的一夫多妻的故事。一夫四妻的封建家庭结构正好可以移植为小说的结构，颂莲是一条新上的梁柱，还散发着新鲜木材的气息，却也是最容易断裂的。

我不期望在小说中再现陈家花园的生活，只是被想象中的某些声音所打动，颂莲们在雪地里蹑足走动，在黑屋里掩面呜咽。不能大步走路是一种痛苦，不能放声悲哭是更大的痛苦，颂莲们惧怕井台，惧怕死亡，但这恰恰是我们的广泛而深切的痛苦。

痛苦中的四个女人，在痛苦中一齐拴在一个男人的脖子上，像四棵枯萎的紫藤在稀薄的空气中互相绞杀，为了争夺她们的泥土和空气。

痛苦常常酿成悲剧，就像颂莲的悲剧一样。

事实上一篇小说不可能讲好两个故事，但一篇小说往往被读解成好几种故事。

譬如《妻妾成群》，许多读者把它读成一个"旧时代女性故事"，或者"一夫多妻的故事"，但假如仅仅是这样，我绝不会对这篇小说感到满意的。

是不是把它理解成一个关于"痛苦和恐惧"的故事呢？

假如可以做出这样的理解，那我对这篇小说就满意多了。

创作自述

苏 童

我的过去

说到过去，回忆中首先浮现的还是苏州城北的那条百年老街。一条长长的灰石路面，炎夏七月似乎是淡淡的铁锈红色，冰天雪地的腊月里却呈现出一种青灰的色调。从街的南端走到北端大约要花费十分钟，街的南端有一座桥，以前是南方城池所特有的吊桥，后来就改建成水泥桥了。北端也是一座桥，连接了苏沪公路，街的中间则是我们所说的铁路桥，铁路桥凌空跨过狭窄的城北小街，每天有南来北往的火车呼啸而过。

我们街上的房屋、店铺、学校和工厂就挤在这三座桥之间，街上的人也在这三座桥之间走来走去，把时光年复一年地走掉了。

现在我看见一个男孩背着书包滚着铁箍在街上走过,当他穿过铁路桥的桥洞时恰恰有火车从头顶上轰隆隆地驶过,从铁轨的缝隙中落下火车头喷溅的水汽,而且有一只苹果核被人从车窗里扔到了他的脚下。那个男孩也许是我,也许是大我两岁的哥哥,也许是我的某个邻居家的男孩。但是不管怎么说,那是我童年生活的一个场景。

我从来不敢夸耀童年的幸福,事实上我的童年有点孤独,有点心事重重。我父母除了拥有四个孩子之外基本上一无所有,父亲在市里的一个机关上班,每天骑着一辆破旧的自行车来去匆匆,母亲在附近的水泥厂当工人,她年轻时曾经美丽的脸到了中年以后,经常是浮肿着的,因为疲累过度,也因为身患多种疾病。多少年来父母亲靠八十多元钱的收入支撑一个六口之家,可以想象那样的生活多么艰辛。

我母亲现在已长眠于九泉之下,现在想起她拎着一只篮子去工厂上班的情景,仍然历历在目,篮子里有饭盒和布绣鞋底,饭盒里有时装着家里吃剩的饭和蔬菜,有时却只有饭没有别的,而那些鞋底是预备给我们兄弟姐妹做棉鞋的,她心灵手巧却没有时间,必须利用工余休息时绣好所有的鞋底。

在漫长的童年时光里,我不记得童话、糖果、游戏和来自大人的过分的溺爱,我记得的是清苦,记得一盏十五瓦的黯淡的灯泡照耀着我们的家,潮湿的未浇水泥的砖地,简陋的散发着霉味的家具,四个孩子围坐在方桌前吃一锅白菜肉丝汤,两个姐姐把肉丝让给两个弟弟吃,但因为肉丝本来就很少,挑几筷子就没有了。

母亲有一次去酱油铺买盐掉了五元钱,整整一天她都在寻找那五元钱的下落,当她彻底绝望时,我听见了她的伤心的哭声。我对母亲说,别哭了,等我长大了挣一百块钱给你。说这话的时候我大概只有七八岁,我显得早熟而机敏,它抚慰了母亲,但对于我们的生活却是无济于事的。

那时候最喜欢的事情是过年。过年可以放鞭炮、拿压岁钱、穿新衣服,可以吃花生、核桃、鱼、肉、鸡和许多平日吃不到的食物。我的父母和街上所有的居民一样,喜欢在春节前后让他们的孩子幸福和快乐几天。

当街上的鞭炮屑、糖纸和瓜子壳被最后打扫一空时,我们一年一度的快乐也随之飘散。上学、放学、写作业、打玻璃弹子、拍烟壳——因为早熟或者不合群的性格,我很少参与街头孩子的这种游戏。我经常遭遇的是这种晦暗的难挨的黄昏。父母在家里高一声低一声地吵架,姐姐躲在门后啜泣,而我站在屋檐下望着长长的街道和匆匆而过的行人,心怀受伤后的怨恨。为什么左邻右舍都不吵架,为什么偏偏是我家常常吵个不休?我从小生长的这条街道,后来常常出现在我的小说作品中,当然已被虚构成"香椿树街"了。街上的人和事物常常被收录在我的笔下,只是因为童年的记忆非常遥远却又非常清晰,从头拾起令我有一种别梦依稀的感觉。

我初入学堂是在一九六九年秋季,仍然是动荡年代。街上的墙壁到处都是标语和口号,现在读给孩子们听都是荒诞而令人费解的了,但当时每个孩子都对此耳熟能详。我记得我生平第一次写下的完整句子都是从街上看来的,有一句特别抑扬顿挫:革命委员会好!那时候的孩子没有学龄前教育,也没有现在的广告和电视文化的熏陶,但满街的标语口号教会了他们写字认字，再愚笨的孩子也会写"万岁"和"打倒"这两个词组。

小学校是从前的耶稣堂改建的，原先牧师布道的大厅做了学校的礼堂，孩子们常常搬着凳椅排着队在这里开会，名目繁多的批判会或者开学典礼，与昔日此地的宗教仪式已经是南辕北辙了。这间饰有圆窗和彩色玻璃的礼堂以及后面的做了低年级教室的欧式小楼，是整条街上最漂亮的建筑了。

我的启蒙教师姓陈，是一个温和的白发染鬓的女教师，她的微笑和优雅的仪态适宜于做任何孩子的启蒙教师。可惜她年龄偏老，而且患了青光眼，到我上三年级时她就带着女儿回湖南老家了。后来我的学生生涯里有了许多老师，最崇敬的仍然是这位姓陈的女教师，或许因为启蒙对于孩子弥足珍贵，或许只是因为她有那个混乱年代罕见的温和善良的微笑。

读小学二年级的时候，因为一场重病使我休学在家，每天在病榻上喝一碗又一碗的中药，那是折磨人的寂寞时光。当一群小同学在老师的安排下登门慰问病号时，我躲在门后不肯出来，因为疾病和特殊化使我羞于面对他们。我不能去学校上学，我有一种莫名的自卑和失落感，于是我经常在梦中梦见我的学校、教室、操场和同学们。

说起我的那些同学（包括小学和中学的同学），我们都是一条街上长大的孩子，彼此知道每人的家庭和故事，每人的光荣和耻辱，多少年后我们天各一方，偶尔在故乡街头邂逅，闲聊之中童年往事便轻盈地掠过记忆。我喜欢把他们的故事搬进小说，是一组南方少年的故事。我不知道他们是否会从中发现自己的影子，也许不会发现，因为我知道他们都已娶妻生子，终日为生活忙碌，他们是没有时间和兴趣去读这些故事的。

去年夏天回苏州家里小住，有一天在石桥上碰到中学时代的一个女教师，她看见我第一句话就是：你知道宋老师去世的消息吗？我很吃惊，宋老师是我高中的数学老师和班主任，我记得他的年纪不会超过四十五岁，是一个非常严谨而敬业的老师。女教师对我说，你知道吗？他得了肝癌，都说他是累死的。我不记得我当时说了些什么，只记得那位女教师最后的一番话。她说，这么好的一位教师，你们都把他忘了，他在医院里天天盼着学生去看他，但没有一个学生去看他，他临死前说他很伤心。

在故乡的一座石桥上我受到了近年来最沉重的感情谴责，扪心自问，我确实快把宋老师忘了。这种遗忘似乎符合现代城市人的普遍心态，没有多少人会去想念从前的老师同窗和旧友故交了，人们有意无意之间割断与过去的联系，致力于想象设计自己的未来。对于我来说，过去的人和物事只是我的小说的一部分了。我为此感到怅然，而且我开始怀疑过去是否可以轻易地割断，譬如那个夏日午后，那个女教师在石桥上问我，你知道宋老师去世的消息吗？

说到过去，我总想起在苏州城北度过的童年时光。我还想起十二年前的一天，当我远离苏州去北京求学的途中那份轻松而空旷的心情，我看见车窗外的陌生村庄上空飘荡着一只纸风筝，看见田野和树林里无序而飞的鸟群，风筝或飞鸟，那是人们的过去以及未来的影子。

关于小说艺术

种种迹象表明：我们的文学逐渐步入了艺术的殿堂。今天我们看到为数不少的具有真正艺术精神的作家和作品涌现出来。这是一点资本，我们不妨利用这一点资本来谈谈一些文学内部和外层的问题。不求奢侈，不要过激。既然把文学的种种前途和困境作为艺术问题来讨论，一切都可以做得心平气和，每一种发言都是表现，这就像街头乐师们的音乐，每个乐师的演奏互相联系又相对独立，但是你看他们的态度都是宁静而认真的。

一

形式感的苍白曾经使中国文学呈现出呆傻僵硬的面目，这几乎是一种无知的悲剧，实际上一名好作家、一部好作品的诞生在很大程度上有赖于形式感的成立。现在形式感已经在一代作家头脑中觉醒，马原和莫言是两个比较突出的例证。

一个好作家对于小说外观应有强烈的自主意识，他希望在小说的每一处打上他的某种特殊的烙印，用自己摸索的方法和方式组织每一个细节、每一句对话，然后他按照自己的审美态度把小说这座房子构建起来。这一切需要孤独者的勇气和智慧。

作家孤独而自傲地坐在他盖的房子里，而读者怀着好奇心在房子外面围观，我想这就是一种艺术效果，它通过间离达到了进入（吸引）的目的。

形式感是具有生命活力的，就像一种植物有着枯盛衰荣的生存意义。形式感一旦被作家创建起来也就成了矛盾体,它作为个体既具有别人无法替代的优势又有一种潜在的危机。这种危机来源于读者的逆反心理和喜新厌旧的本能,一名作家要保存永久的魅力似乎很难。是不是存在着一种对自身的不断超越和升华?是不是需要你提供某个具有说服力的精神实体,然后你才成为形式感的化身。在世界范围内有不少例子。

博尔赫斯——迷宫风格——智慧的哲学和虚拟的现实;
海明威——简洁明快——生存加死亡加人性加战争的困惑;
纪德——敏感细腻——压抑的苦闷和流浪的精神孤儿;
昆德拉——叛逆主题——东欧的反抗与逃避形象的化身。

有位评论家说,一个好作家的功绩在于他给文学贡献了某种语言。换句话说,一个好作家的功绩也在于提供永恒意义的形式感。重要的是你要把你自己和形式感合二为一,就像两个氢离子一个氧离子合二为一,成为我们大家的水,这是艰难的,这是艺术的神圣目的。

二

小说应该具备某种境界,或者是朴素空灵,或者是诡谲深奥,或者是人性意义上的,或者是哲学意义上的。它们无所谓高低,它们都支撑小说的灵魂。

实际上我们读到的好多小说没有境界,或者说只有一个虚假的实用性外壳,这是因为作者的灵魂不参与创作过程,他的作品跟他的心灵毫无关系,这又是创作的一个悲剧。

特殊的人生经历和丰富敏锐的人的天资往往能造就一名好作家,造就他精妙充实的境界。

我读史铁生的作品总是感受到他的灵魂之光。也许这是他皈依命运和宗教的造化，其作品宁静淡泊，非常节制松弛，在漫不经心的叙述中积聚艺术力量，我想他是朴素的。我读余华的小说亦能感觉到他的敏感、他的耽于幻想，他借凶残补偿了温柔，借非理性补偿了理性，做得很巧妙很机警，我认为他有一种诡谲的境界。

小说是灵魂的逆光，你把灵魂的一部分注入作品，从而使它有了你的血肉，也就有了艺术的高度。这牵扯到两个问题：其一，作家需要审视自己真实的灵魂状态，要首先塑造你自己；其二，真诚的力量无比巨大，真诚的意义在这里不仅是矫枉过正，还在于摒弃矫揉造作、摇尾乞怜、哗众取宠、见风使舵的创作风气。不要隔靴搔痒，不要脱了裤子放屁，也不要把真诚当狗皮膏药卖，我想真诚应该是一种生存的态度，尤其对于作家来说。

诗歌界有一种说法叫Pass北岛，它来自诗歌新生代崛起后的喉咙，小说界未听过类似的口号，也许是小说界至今未产生像北岛那样具有深远影响的精神领袖，我不知道这种说法是好是坏，Pass这词的意义不是打倒，而是让其通过的意思，我想它显示出某种积极进取的倾向。

小说界Pass谁？小说界情况不同，无人提出这种气壮如牛的口号，这是由于我们的小说从来没有建立起艺术规范和秩序（需要说明的是艺术规范和秩序与百花齐放百家争鸣没有对应关系）。小说家的队伍一直是杂乱无章的，存在着种种差异。这表现在作家文化修养艺术素质和创作面貌诸方面，但是各人头上一方天却是事实。同样地，我也无法判断这种状况是好是坏。

实际上我们很少感觉到来自同胞作家的压力。谁在我们的路上设置了障碍？谁在我们头上投下了阴影？那就是这个时代所匮乏的古典风范或者精神探求者的成功，那是好多错误的经验陷入于泥坑的结果。我们受到了美国当代文学、欧洲文学、拉美文学的冲击和压迫，迷茫和盲从的情绪笼罩着这一代作家。你总得反抗，你要什么样的武器？国粹不是武器，吃里爬外也不是武器，老庄、禅宗、"文革"、"改革"，你可以去写可以获得轰轰烈烈的效果，但它也不是你的武器。有人在说我们靠什么走向世界。谁也无法指点迷津，这种问题还是不要多想为好，作家的责任是把你自己先建立起来，你要磨出你的金钥匙交给世界，然后你才成为一种真正的典范，这才是具有永恒意义的。

有一种思维是小说外走向小说内，触类旁通然后由表及里，进入文学最深处。具有这种思维的大凡属于学者型作家。

我们似乎习惯于一种单一的艺术思维，恐怕把自己甩到文学以外，这使作家的经验受到种种限制，也使作家的形象在社会上相对封闭。在国外有许多勇敢的叛逆者形象，譬如美国诗人金斯堡，六十年代风靡美国的巡回演讲和作品朗诵；譬如作家杜鲁门·卡波特和诺曼·梅勒，他们的优秀作品《冷血》《刽子手之歌》《谈谈五位女神主子》中的非小说的文字，他们甚至在电视里开辟了长期的专栏节目，与观众探讨文学的和非文学的问题。可以把这种意识称为有效的越位。它潜伏着对意识形态进行统治的欲望（至少是施加影响），它使作家的形象强大而完整，也使文学的自信心在某种程度上得到加强。

　　我想没有生气的文坛首先是没有生气的作家造成的，没有权利的作家是你不去争取造成的。其他原因当然有，但那却构不成灾难，灾难来自我们自己枯萎的心态。

答自己问

苏　童

1. 谈谈你的创作经历和早期生活。

顽皮一点说,最早的创作是儿童时代在水泥地上的胡涂乱抹。我曾在化工厂的门口用粉笔描摹了墙上的一句口号"革命委员会好",受到了人们的一致称赞。那时候我是学龄前儿童。

我九岁那年得了场重病,休学在家,终日躺在竹榻上,与《艳阳天》这部小说做伴,最早读过的小说就是《艳阳天》,那时候有一奇怪的癖好,在纸上写下一连串臆造的名字,然后在名单后面注明这人是党支部书记,那人是民兵营长,其实是在营造人物表。前些年我在家中翻抽屉时还找到过一张这样的人物表。也许这是我对文学最初的白日梦。

我上大学时写过一阵诗;那时候十个大学生中有九个是诗

人。诗歌创作对语言起了相当重要的磨砺作用,至少对我是这样。我后来开始学习创作小说,在一九八三年的《青春》七月号上发表了处女作《第八个是铜像》。竟然是写一个老知青的改革道路的,竟然在次年混到了青春文学奖。我拿到奖金后就纠集几个好朋友在北京的鸿宾楼吃了一顿,以示庆贺。

2. 谈谈外国作家对你的影响。

这是一串长长的名单。他们包括世人皆知的那些大作家。海明威、福克纳、塞林格、博尔赫斯、马尔克斯。

少年时代我曾迷恋过高尔基的《单恋》之类的流浪汉小说。而真正看到的第一片世界文学风景是在上海译文出版社出版的《当代美国短篇小说集》,辛格《市场街的斯宾诺莎》中那个迂腐、充满学究气的老光棍形象让我念念不忘。那时候我在苏州的一所中学里上高中。

以我个人的兴趣,我认为当今世界最好的文学是在美国。我无法摆脱那一茬茬美国作家对我投射的阴影,对我的刺激和震撼,还有对我的无形的桎梏。

3. 谈谈你自己的作品。

这一点最好不谈,我深知自己作品的缺陷,别人一时可能还没发现,我自己先谈了就有家丑外扬之嫌。

有时候我像研究别人作品那样研究自己的作品,常常是捶胸顿足。内容和艺术上的缺陷普遍存在于当代走红的作家作品中,要说大家都说,要不说大家都不说。

4. 谈谈"流行"和"不流行"的作品的优劣。

这牵涉到对"流行"这词的理解。"流行"的含义是被时尚肯定,受人欢迎的。排除了文学的其他体裁,流行的小说就是被人普遍接受、对同时代起影响作用的小说。举个例子,譬如"伤痕"文学、"改革"文学、"寻根"文学。这是一九八五年之前的流行模式,一九八六年以后的中国文学起了一种质的变化,一批极具作家独特个性的作品登上文学主峰,它们同样在短时间内获得了流行效果。这就像赛马中彩后,马和驭手都具有流行的意义。在文学界,这样的马有《棋王》《遍地风流》《你别无选择》《透明的红萝卜》等,这样的驭手有阿城、刘索拉、莫言等。无疑,他们首先是优秀的,然后才是突然在瞬间爆发的。他们这些作品因流行而奠定了地位,也影响了大批文学作品风格。

所谓"不流行",当然有两种含义,一种不流行是作品本身低劣的原因,它无法流行。另外一种,我想就是那些不流行的好作家了,不流行的好作家一般不易受人注意,一旦受到注意并被推崇后他们往往仍然不流行。原因很复杂,似乎他们不具大众性,不具可模仿性,他们的个性色彩深藏于作品中,不易摄取,因而产生了另外的效果,不是流行,而是间离,通过间离达到吸引目的。这样的作家也可找出些例子,譬如湖南的残雪,江苏的叶兆言。

"流行"与"不流行"之间没有优劣,它们同样是产生好作品的土壤。

5. 谈谈创作障碍问题，你怎样对待？

每个人在小说创作过程中都会遇到这个问题。障碍来自各个方面，包括政治方面的，包括他人的，最重要的恐怕还是来自自身的障碍。

一个作家在成功的同时也就潜藏着种种危险。成功往往是依靠作家的艺术个性和风格，但是所谓个性和风格很容易成为美丽的泥沼，使作家深陷其中，不能自拔。一个作家的成功总是贴上某种新鲜的标志，随着时间流逝，这种标志会褪色，失去新鲜的意义。喜新厌旧的读者往往会产生厌烦心理，而作家不甘心轻易甩掉自己的风格模式（事实上也不太容易甩掉或者突破），许多作家都是停留在原地继续筑巢的，就像鸟不肯飞离老巢，以一种固守的心态顺应文学潮流。这种自我胶滞状态常常导致写作障碍。避免和消除障碍的一个办法是无所留恋，把自己打碎，重新塑造，一切都从头做起，这很不容易，需要极大的勇气。

障碍来自枯萎的心态。如果我使我的每个故事都不同以往，每句语言都异常新鲜，每种形式一俟成立又将其拆散，那么我的创作会多么富有活力，可惜的是这实在太不容易了。

障碍是什么？是作家自己给自己套上的小鞋，穿着挤脚，扔了可惜，扔了要是找不到鞋怎么办？这是一种普遍的忧虑。

6. 你认为性格是怎样形成的？

成功的作品总是带有强烈的个性风格的，透过作品可以窥视作家的整个意识领域。当作家把他的作品处处打上代表个人的特殊印记时，个性就从中凸现了，风格也就绰约可人了。好的作家往往怀有对传统和规范的逆反心理,在作品中对此采取一种强制性的破坏手段,通过文字的暴力夺取自身价值。刻意求新永远是有效的进攻和自卫的武器。

许多作家的个性风格究其实质是个人情结的艺术张扬,它们通常都是反常的,有违人伦的,个人情结有时成为创作的潜机,而且具有强盛的爆发力,这一点体现在许多国内外名家身上,不便细说,可以自己去体会,或者说,你可以自由地去窥视。

7. 你心中至高至上的艺术境界是什么样的?你认为你自己的小说有没有魅力?

我个人的毛病,总是沉湎于过去生活的枝枝节节,对未来却缺乏盘算。艺术境界是一种光,若有若无,可明可暗的。我希望达到的境界含有许多层次,我希望自然、单纯、宁静、悠远,我又希望丰富、复杂、多变。它们有一点是共通的,那就是必须是纯粹的艺术的。

我读到一些优秀作品,它们就有那种我所向往的"光",譬如卡佛的一些短篇,《马辔头》《简单之至》,譬如塞林格的《献给艾丝美》,譬如巴思的《迷失在开心馆中》,等等。我真正喜欢的往往是这样优秀的短篇。它们对于我是一种永远的诱惑和动力。

说到魅力,这是个让人羞涩的问题。某种程度上,魅力是权术诡计的演变。我从来不玩权术,我认为我的作品没有多大的魅力,但是我不否认在创作上有时耍些小诡计,所以也不能否认魅力也许存在。对于这一点最好心中无数,否则容易矫揉造作、搔首弄姿。魅力是别人眼里的虚幻物,而小说是实在的,它需要你一字一字地创作,不得矫饰,不得盲动。

8. 你怎样看待先锋小说和先锋作家?

吴亮对此已做了严密而正直的分析阐述,特别喜欢其中的一个标题《真正的先锋一如既往》。

所谓先锋派文学是相对的,在所有的文化范畴中,总有一种比较激进带有反抗背叛性质的文化,它们或者处于上升阶段,或者瞬间便已逝去,肯定有一种积极意义。"先锋"们具有冒险精神,在文学的广场上,敲打残砖余壁,破坏或创造,以此推动文学的发展。

中国当代的先锋只是相对于中国文学而言,他们的作品形似外国作家作品,实际上是在另外的轨道上缓缓运行。也许注定是无法超越世界的。所以我觉得他们悲壮而英勇,带有神圣的殉道色彩。对于他们,嘲笑是无知的表现,冷漠是残忍的表现。我希望人们善良,起码应该有一种保护婴孩的正常心理。

真正的先锋对自己的位置和价值应该有清醒的认识,他们应该有圣徒的品格和精神。所以,真正的先锋永远是一如既往的。

苏童创作年表

1963年

1月,出生于江苏苏州。原名童忠贵,有两个姐姐和一个哥哥。

1980年

9月,考入北京师范大学中文系。

1983年

短篇小说《第八个是铜像》发表于《青春》第7期。

短篇小说《我向你走来》发表于《百花园》第8期。

1984年

短篇小说《老实人》发表于《百花园》第2期。

短篇小说《江边女人》发表于《青春》第4期。

短篇小说《空地上的阳光》和《近郊纪事》发表于《青年作家》第4期。

1985年

短篇小说《一个白洋湖男人和三个白洋湖女人》发表于《青年文学》第1期。

短篇小说《石码头》发表于《雨花》第6期。

1986年

短篇小说《白洋淀，红月亮》发表于《钟山》第1期。

短篇小说《门》发表于《湖海》第1期。

短篇小说《水闸》发表于《小说林》第2期。

短篇小说《祖母的季节》发表于《十月》第4期。

短篇小说《青石与河流》发表于《收获》第5期。

短篇小说《北墙上那一双眼睛》发表于《广州文艺》第7期。

短篇小说《流浪的金鱼》发表于《青春》第7期。

短篇小说《岔河》发表于《作家》第8期。

1987年

短篇小说《飞越我的枫杨树故乡》发表于《上海文学》第2期。

短篇小说《桑园留恋》发表于《北京文学》第2期。

短篇小说《黑脸家林——一个人的短暂历史》发表于《解放军文艺》第2期。

短篇小说《有三棵椰子树的地方》发表于《西湖》第3期。

短篇小说《后院的紫槐和少女》发表于《广州文艺》第3期。

短篇小说《北方的向日葵（徽州女人）》发表于《湖海》第5期。

短篇小说《算一算屋顶下有几个人》发表于《钟山》第5期。

短篇小说《蓝白染坊》发表于《花城》第5期。

短篇小说《故事：外乡人父子》发表于《北京文学》第8期。

短篇小说《丧失的桂花树之歌》发表于《作家》第8期。

短篇小说《遥望河滩》发表于《奔流》第11期。

中篇小说《一九三四的逃亡》发表于《收获》第5期。

1988年

短篇小说《环绕我们的房子》《U形铁》《午后故事》发表于《雨花》第2期。

短篇小说《平静如水》发表于《上海文学》第1期。

短篇小说《乘滑轮车远去》发表于《上海文学》第3期。

短篇小说《水神诞生》《死无葬身之地》发表于《中外文学》第3期。

短篇小说《你好，养蜂人》发表于《北京文学》第4期。

短篇小说《一无所获》发表于《小说界》第5期。

短篇小说《怪客》发表于《作家》第5期。

短篇小说《祭奠红马》发表于《中外文学》第5期。

短篇小说《伤心的舞蹈》发表于《上海文学》第10期。

中篇小说《井中男孩》发表于《花城》第5期。

中篇小说《罂粟之家》发表于《收获》第6期。

小说集《一九三四年的逃亡》由上海社会科学出版社出版。

1989年

短篇小说《杂货店的女人》发表于《时代文学》第2期。

短篇小说《逃》发表于《青年文学》第3期。
中篇小说《妻妾成群》发表于《收获》第6期。
中篇小说《南方的堕落》发表于《时代文学》第5期。
中篇小说《舒农或者南方生活》(又名《舒家兄弟》)发表于《钟山》第3期。

1990年
中篇小说《棉花地、稻草人》发表于《青春》第4期。
中篇小说《女孩为什么哭泣》发表于《时代文学》第5期。
短篇小说《已婚男人杨泊》发表于《作家》第4期。
短篇小说《妇女生活》发表于《花城》第5期。

1991年
中篇小说《红粉》发表于《小说家》第1期。
中篇小说《另一种妇女生活》发表于《小说界》第4期。
短篇小说《我的棉花,我的家园》发表于《作家》第1期。
短篇小说《吹手向西》发表于《上海文学》第2期。
短篇小说《像天使一样美丽》发表于《小说林》第6期。
短篇小说《木壳收音机》发表于《人民文学》第7、8期合刊。
中篇小说《离婚指南》发表于《收获》第5期。
长篇小说《米》发表于《钟山》第3期。
小说集《妻妾成群》由花城出版社出版。
小说集《妇女乐园》由浙江文艺出版社出版。
小说集《祭奠红马》由江苏文艺出版社出版。

1992年

短篇小说《西窗》发表于《漓江》第1期。

短篇小说《金色的松涛》发表于《小说天地》第1期。

短篇小说《回力牌球鞋》发表于《作家》第4期。

短篇小说《沿铁路行走一公里》发表于《时代文学》第5期。

短篇小说《来自草原》发表于《草原》第5期。

中篇小说《十九间房》发表于《钟山》第3期。

中篇小说《园艺》发表于《收获》第6期。

小说集《红粉》由长江文艺出版社出版。

1993年

短篇小说《烧伤》发表于《花城》第1期。

短篇小说《一个朋友在路上》发表于《上海文学》第1期。

短篇小说《灰呢绒鸭舌帽》《游泳池》《狐狸》发表于《小说家》第2期。

创作谈《第五条路》发表于《新生界》第4期。

短篇小说《纸》发表于《收获》第6期。

中篇小说《刺青时代》发表于《作家》第1期。

小说集《苏童小说精品》由西南师范大学出版社出版。

小说集《离婚指南》由华艺出版社出版。

小说集《刺青时代》由长江文艺出版社出版。

《苏童文集》由江苏文艺出版社出版。

长篇小说《我的帝王生涯》由花城出版社出版。

长篇小说《米》由江苏文艺出版社出版。

1994年

短篇小说《与哑巴结婚》发表于《花城》第2期。

短篇小说《什么是爱情》发表于《江南》第3期。

短篇小说《美人失踪》发表于《作家》第3期。

短篇小说《小莫》发表于《大家》第3期。

短篇小说《桥边茶馆》《一个叫板墟的地方》发表于《青年文学》第7期。

短篇小说《一朵云》发表于《山花》第10期。

中篇小说《民丰里》发表于《啄木鸟》第4期。

中篇小说《肉联厂的春天》发表于《收获》第5期。

长篇小说《紫檀木球》发表于《大家》第1—2期，随后改名《武则天》由江苏文艺出版社出版。

长篇小说《城北地带》由中国建设出版社出版。

1995年

短篇小说《饲养公鸡的人》发表于《钟山》第1期。

短篇小说《樱桃》发表于《名作欣赏》第2期。

短篇小说《那种人》（二篇）发表于《花城》第3期。

短篇小说《种了盆仙人掌》发表于《特区文学》第3期。

短篇小说《十八相送》发表于《芙蓉》第4期。

短篇小说《把你的脚捆起来》发表于《上海文学》第5期。

短篇小说《蝴蝶与棋》发表于《大家》第5期。

短篇小说《亲戚们谈论的事情》发表于《大家》第6期。

短篇小说《玉米爆炸记》发表于《长江文艺》第7、8期合刊。

短篇小说《花生牛轧糖》发表于《湖南文学》第7期。

短篇小说《流行歌曲》发表于《广州文艺》第8期。

短篇小说《棚车》《小猫》发表于《东海》第7、8期合刊。

中篇小说《三盏灯》发表于《收获》第5期。

小说集《刺青时代》由长江文艺出版社出版。

小说集《红粉》由长江文艺出版社出版。

随笔集《寻找灯绳》由江苏文艺出版社出版。

1996年

短篇小说《犯罪现场》发表于《花城》第1期。

短篇小说《公园》发表于《作家》第1期。

短篇小说《表姐来到马桥镇》发表于《萌芽》第1期。

短篇小说《声音研究》发表于《收获》第2期。

短篇小说《红桃Q》《新天仙配》发表于《收获》第3期。

短篇小说《食指是有用的》《饮酒歌》发表于《钟山》第5期。

短篇小说《世界最凄凉的动物园》发表于《山花》第6期。

短篇小说《两个厨子》发表于《收获》第6期。

短篇小说《天使的粮食》发表于《北京文学》第11期。

短篇小说《灼热的天空》发表于《大家》第5期。

小说集《红粉》由长江文艺出版社出版。

小说集《妻妾成群》由花城出版社出版。

长篇小说《城北地带》由作家出版社出版。

随笔集《捕捉阳光：苏童语丝》由上海书店出版社出版。

1997年

短篇小说《告诉他们，我乘白鹤去了》发表于《收获》第1期。

短篇小说《海滩上的一群羊》发表于《上海文学》第3期。

短篇小说《神女峰》发表于《小说家》第4期。

短篇小说《八月日记》《他母亲的儿子》发表于《雨花》第9期。

长篇小说《菩萨蛮》（又名《碎瓦》）发表于《收获》第4期。

1998年

短篇小说《小偷》发表于《收获》第2期。

短篇小说《过渡》发表于《人民文学》第3期。

短篇小说《人造风景》发表于《十月》第5期。

短篇小说《开往瓷厂的班车》发表于《花城》第6期。

中篇小说《群众来信》发表于《收获》第5期。

长篇小说《碎瓦》由江苏文艺出版社出版。

随笔集《纸上的美女：苏童随笔选》由人民日报出版社出版。

1999年

短篇小说《向日葵》发表于《大家》第1期。

短篇小说《拱猪》发表于《上海文学》第1期。

短篇小说《古巴刀》发表于《作家》第1期。

短篇小说《水鬼》发表于《收获》第1期。

短篇小说《巨婴》发表于《大家》第2期。

短篇小说《你丈夫是干什么的》发表于《大家》第3期。
短篇小说《新时代的白雪公主》发表于《大家》第4期。
短篇小说《独立纵队》发表于《大家》第5期。
短篇小说《奸细》发表于《大家》第6期。
短篇小说《天赐的亲人》发表于《青年文学》第8期。
短篇小说《大气压力》发表于《人民文学》第10期。
中篇小说《驯子记》发表于《钟山》第4期。

2000年

自传《一棵歪歪斜斜的树》发表于《短篇小说》第1期。
中篇小说《桂花连锁集团》发表于《收获》第2期。
书评《莫拉维亚的〈再见〉》发表于《长城》第2期。
短篇小说《女声》发表于《花城》第3期。
短篇小说《遇见司马先生》发表于《钟山》第5期。
短篇小说《七三年冬天的一个夜晚》发表于《天涯》第7期。
短篇小说《白杨和白杨》发表于《作家》第7期。
长篇小说《米》由台海出版社出版。
小说集《妻妾成群》由台海出版社出版。
小说集《中国当代作家选集丛书·苏童卷》由人民文学出版社出版。
散文集《苏童散文》由浙江文艺出版社出版。
散文集《片段拼接》由西苑出版社出版。

2001年

短篇小说《伞》发表于《收获》第1期。

短篇小说《女同学们二三事》发表于《花城》第4期。

短篇小说《贪吃的人（素描两则）》发表于《钟山》第5期。

小说集《枫杨树山歌》由中国社会科学出版社出版。

小说集《当代中国小说名家珍藏版·苏童卷》由文化艺术出版社出版。

小说集《一个礼拜天的早晨》由广西师范大学出版社出版。

小说集《像天使一样美丽》由广西师范大学出版社出版。

小说集《你丈夫是干什么的》由广西师范大学出版社出版。

长篇小说《菩萨蛮》由江苏文艺出版社出版。

长篇小说《我的帝王生涯》由北岳文艺出版社出版。

2002年

短篇小说《白雪猪头》发表于《钟山》第1期。

短篇小说《小舅理生》发表于《山花》第7期。

短篇小说《人民的鱼》发表于《北京文学》第9期。

短篇小说《点心》发表于《书城》第10期。

长篇小说《蛇为什么会飞》发表于《收获》第2期，随后由云南人民出版社出版。

长篇小说《菩萨蛮》由上海文艺出版社出版。

小说集《苏童代表作：妻妾成群》由春风文艺出版社出版。

2003年

短篇小说《骑兵》发表于《钟山》第1期。

短篇小说《马蹄莲》发表于《大家》第3期。

短篇小说《五月回家》发表于《人民文学》第5期。

小说集《另一种妇女生活》由江苏文艺出版社出版。

对话录《苏童王宏图对话录》由苏州大学出版社出版。

随笔集《虚构的热情》由江苏人民出版社出版。

2004年

短篇小说《手》发表于《花城》第2期。

短篇小说《私宴》《堂兄弟》发表于《上海文学》第7期。

小说集《苏童作品系列》（12卷）由上海文艺出版社出版。

小说集《苏童中篇小说选》由上海社会科学院出版社出版。

2005年

短篇小说《西瓜船》发表于《收获》第1期。

小说集《桥上的疯妈妈：苏童短篇小说代表作》由春风文艺出版社出版。

小说集《训子记》由云南人民出版社出版。

2006年

中篇小说《离婚指南》《妻妾成群》《红粉》由人民文学出版社出版。

小说集《苏童精选集》由北京燕山出版社出版。

小说集《私宴》由文汇出版社出版。

长篇小说《碧奴》由重庆出版社出版。

2007年

短篇小说《茨菰》发表于《钟山》第4期。

短篇小说《为什么我们家没有电灯》发表于《收获》第6期。

小说集《苏童作品精编》由漓江出版社出版。

2008年

小说集《苏童短篇小说编年》（5卷）由人民文学出版社出版。

小说集《香椿树街故事》由上海人民出版社出版。

随笔集《苏童·花繁千寻》（与毛丹青合著）由上海锦绣文章出版社出版。

2009年

长篇小说《河岸》发表于《收获》第2期，随后由人民文学出版社出版。

散文随笔集《河流的秘密》由作家出版社出版。

2010年

短篇小说《香草营》发表于《小说界》第3期。

长篇小说《河岸》（修订版）由人民文学出版社出版。

小说集《当代名家名作：南方的堕落》由黄山书社出版。

小说集《新华现当代文学佳作丛书：三盏灯》由新华出版社出版。

2011年

小说集《苏童作品系列：少年血》由重庆大学出版社出版。

小说集《苏童作品系列：枫杨树山歌》由重庆大学出版社

出版。

小说集《苏童作品系列：婚姻即景》由重庆大学出版社出版。

小说集《海豚书馆：香草营》由海豚出版社出版。

小说集《鲁迅文学奖获奖者丛书：茨菰》由江苏凤凰文艺出版社出版。

2012年

长篇小说《苏童作品系列·蛇为什么会飞》由上海文艺出版社出版。

小说集《名家自选学生阅读经典·十九间房》由辽宁人民出版社出版。

小说集《中国短经典·白雪猪头》由上海文艺出版社出版。

长篇小说《我的帝王生涯》由长江文艺出版社出版。

小说集《现当代名家作品精选（珍藏版）·苏童作品》由长江文艺出版社出版。

2013年

小说集《十九间房》由辽宁人民出版社出版。

长篇小说《黄雀记（第九届茅盾文学奖）》由作家出版社出版。

小说集《中篇小说金库·妻妾成群》由花城出版社出版。

长篇小说《黄雀记》由作家出版社出版。

长篇小说《共和国作家文库·畅销经典书系·米》由作家出版社出版。

小说集《中国好小说——苏童》由中国青年出版社出版。

散文集《我们小时候——自行车之歌》由明天出版社出版。

小说集《苏童短篇小说自选集·哭泣的耳朵》由河南大学出版社出版。

2014年

散文集《名家散文典藏系列·苏童散文：露天电影》由浙江文艺出版社出版。

对谈录《南方的诗学：苏童、王宏图对谈录》由漓江出版社出版。

长篇小说《我的帝王生涯》由长江文艺出版社出版。

长篇小说《中国作家走向世界丛书·碧奴》由湖南文艺出版社出版。

小说集《苏童作品（精华本）》由长江文艺出版社出版。

短篇集《苏童六短篇》由海豚出版社出版。

长篇小说《碧奴》由重庆出版社出版。

小说集《中国中经典·离婚指南》由上海文艺出版社出版。

2015年

小说集《百年经典·中国青少年成长文学书系.刺青时代》由云南晨光出版社出版。

中篇小说《苏童经典作品·妻妾成群》由重庆大学出版社出版。

中篇小说《苏童经典作品·红粉》由重庆大学出版社出版。

中篇小说《苏童经典作品·罂粟之家》由重庆大学出版社

出版。

小说集《大家大奖小说·滴雨的南方》由长江少年儿童出版社出版。

小说集《世纪文学经典·苏童精选集》由北京燕山出版社出版。

2016年

小说集《鲁迅文学奖获奖者小说丛书·私宴》由江苏凤凰文艺出版社出版。

小说集《华语短经典·水鬼·苏童短篇小说选》由华东师范大学出版社出版。

小说集《名家中篇小说典藏·红粉》由浙江文艺出版社出版。

小说集《走向世界的中国作家丛书·米》由湖南文艺出版社出版。

散文集《纸老虎系列：你为何对我感到失望》由万卷出版有限责任公司出版。

长篇小说《大作家写给小读者·拾婴记》由人民文学出版社出版。

2017年

长篇小说《茅盾文学奖获奖作品全集·黄雀记》由人民文学出版社出版。

长篇小说《河岸》由人民文学出版社出版。

小说集《她的名字》由百花文艺出版社出版。

散文随笔集《我的小时候（经典美图版）·割不断的风筝》由浙江少年儿童出版社出版。

散文集《我们小时候·自行车之歌》由人民文学出版社出版。

小说集《茅盾文学奖获奖者小说丛书·万用表》由江苏凤凰文艺出版社出版。

小说集《小文艺·口袋文库·群众来信》由上海文艺出版社出版。

小说集《路标石丛书·当代华语文学名家自选集系列·苏童自选集》由四川天地出版社出版。

长篇小说《精典名家小说文库·灼热的天空》由作家出版社出版。

长篇小说《现当代长篇小说典藏插图本·我的帝王生涯》由长江文艺出版社出版。

2018年

长篇小说《苏童作品系列·河岸》由上海文艺出版社出版。

小说集《紫金文库·世界上最荒凉的动物园》由中国书籍出版社出版。

长篇小说《我的帝王生涯》（精装）由人民文学出版社出版。

小说集《中国短经典·玛多娜生意》（精装）由人民文学出版社出版。

小说集《中国中篇经典·离婚指南》（软精装）由人民文学出版社出版。

小说集《夜间故事（全2册）》由人民文学出版社出版。

散文集《茅盾文学奖获奖者散文丛书·八百米故乡》由江

苏凤凰文艺出版社出版。

小说集《少年中国人文阅读书系·沿铁路行走一公里》（彩插版）由辽宁师范大学出版社出版。

2019年

小说集《有价值悦读·离婚指南》由人民文学出版社出版。

长篇小说《苏童作品·黄雀记》由浙江人民出版社出版。

长篇小说《苏童作品·我的帝王生涯》由浙江人民出版社出版。

长篇小说《苏童作品·米》由浙江人民出版社出版。

小说集《妻妾成群》由浙江人民出版社出版。

小说集《苏童小说全集》由浙江人民出版社出版。

散文随笔集《双峰文丛·夏天的一条街道》由山东画报出版社出版。

长篇小说《茅盾文学奖第9届获奖作品·黄雀记》由人民文学出版社出版。

长篇小说《城北地带》由浙江人民出版社出版。

小说集《罂粟之家》由浙江人民出版社出版。

长篇小说《菩萨蛮》由浙江人民出版社出版。

长篇小说《新中国70年70部长篇小说典藏·黄雀记》由人民文学出版社出版。

小说集《苏童经典作品》（精装典藏版）由浙江人民出版社出版。

散文集《活着，不着急》由中信出版集团股份有限公司出版。

散文集《布老虎散文·河流的秘密》由春风文艺出版社出版。

2020年

文集《茅盾文学奖获奖作品短经典·苍老的爱情》人民文学出版社有限公司出版。

文集《苏童作品系列》九本：《罂粟之家》《驯子记》《妻妾成群》《刺青时代》《我的帝王生涯》《菩萨蛮》《城北地带》《米》《武则天》由上海文艺出版社出版。

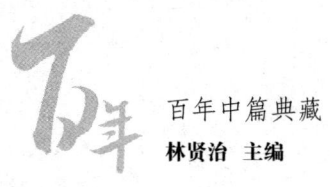

百年中篇典藏

林贤治 主编

《阿Q正传》　　鲁迅 著

《她是一个弱女子》　　郁达夫 著

《莎菲女士的日记》　　丁玲 著

《二月》　　柔石 著

《生死场》　　萧红 著

《林家铺子》　　茅盾 著

《丽莎的哀怨》　　蒋光慈 著

《长河·边城》　　沈从文 著

《阳光》　　老舍 著

《八月的乡村》　　萧军 著

《小二黑结婚》　　赵树理 著

《饥饿的郭素娥》　　路翎 著

《组织部来了个年轻人》　　王蒙 著

《大淖记事》　　汪曾祺 著

《绿化树》　　张贤亮 著

《被爱情遗忘的角落》　　张弦 著

《人到中年》　　谌容 著

《小鲍庄》　　王安忆 著

《关于詹牧师的报告文学》　　史铁生 著

《褐色鸟群》　　格非 著

《妻妾成群》　　苏童 著

《小灯》　　尤凤伟 著

《回廊之椅》　　林白 著

《到城里去》　　刘庆邦 著